Im Anfang

Eine (un)wahre Geschichte

Herbert Michael Veh

Im Anfang

Eine (un)wahre Geschichte

Roman

Bibliographische Information der Deutschen Nationalbibliothek: Die
Deutsche Nationalbibliothek verzeichnet diese Publikation in der
Deutschen Nationalbibliographie; detaillierte bibliographische Daten
sind im Internet über dnb.dnb.de abrufbar.

© 2022 Herbert Michael Veh

Herstellung und Verlag: BoD – Books on Demand, Norderstedt

ISBN: 9783755761396

Vorwort

Wir veröffentlichen dieses Manuskript ohne uns sicher zu sein, ob die Person, die es eingereicht hat und sich nach eigenen Angaben hinter einem Pseudonym versteckt, tatsächlich dieses von ihr selbst als Roman bezeichnete Werk verfasst hat. Wir haben deshalb sämtliche im Text genannten Namen geändert, um etwaigen wahren Autor*innen die Gelegenheit zu geben, sich durch die Angabe der im Original verwendeten Namen auszuweisen. Zudem haben wir dem Einsender ein neues Pseudonym verpasst. Wenn wir im Folgenden vom Autor reden, ist dies mit zu bedenken.

Die Herausgeber*innen[1]

§ 1   Aller Anfang ist schwer

Allenthalben heißt es, der erste Satz sei der wichtigste.[2] Er müsse den[3] Leser in seinen Bann ziehen, sein Weiterlesen geradezu erzwingen. Dieser könne dann gar nicht anders. Erfolg oder Misserfolg eines Werkes hänge deshalb wesentlich von diesem ersten Satz ab.

---

[1] Zur Gendergerechtigkeit vgl. Fußnote 3; zu den Herausgeber*innen näheres auf der letzten Seite des Buches im Nachwort; reizvoller wäre es, bis zum Schluss mit dem Lesen der letzten Seite zu warten

[2] Eine derartige These wird nicht „allenthalben", sondern lediglich in der Verlagswerbung für Werke über erste Sätze der Weltliteratur vertreten. So die Auskunft von Horst Federlein, Präsident des Verbands professioneller deutscher Literaturkritiker, den wir hierzu befragt haben. Der Autor dieses Werks stellt die „Allenthalben"-These also wohl nur deshalb in den Raum, um ihr anschließend zu widersprechen. Die Herausgeber*innen

[3] Wir lassen den Text des womöglich alten, männlichen und hellhäutigen Autors unverändert. So schreiben solche Leute eben immer noch. Selbstverständlich bekennt sich der Verlag zu den jeweils herrschenden Werten und Vorstellungen von gendergerechter Sprache. Die Herausgeber*innen

Mir leuchtet diese These nicht ein. Ist nicht der Titel wesentlich wichtiger, um Interesse zu wecken? Und erst der Klappentext. Steckt nicht darin das Geheimnis des ersten und zweiten Erfolgs? Des ersten Erfolgs. Der Besucher einer Buchhandlung nimmt ein Buch zur Hand. Und des zweiten Erfolgs. Der Besucher behält das Buch in seinen Händen und stellt es nicht sogleich wieder zurück.

Erst jetzt dringt der potentielle Käufer zum eigentlichen Text vor, liest vielleicht den ersten Satz, aber doch auch sogleich den zweiten und dritten, vorausgesetzt, der erste Satz erstreckt sich nicht bereits über mehrere Seiten. Wer, frage ich mich, wer würde, wenn er denn schon zu lesen begonnen hat, bereits nach dem ersten Satz wieder aufhören? Nein, wer so weit gekommen ist, der investiert noch ein wenig mehr seiner Zeit und liest weiter.

Lesen auch Sie noch weiter? Das ist für mich nicht ohne Bedeutung. Freilich schreibe ich zunächst einmal für mich selbst. Indem ich schreibe, was und wie ich will und entdecke, was und wie ich es kann, möchte ich mich beweisen.

Ich fordere mich heraus, heraus aus vorgegebenen Sprachmustern und fremdbestimmtem Rahmen. Heraus aus einem schützenden und zugleich einengenden Kokon. Herausforderung durch mir selbst gestellte Aufgaben. Arg viel Pathos? Vielleicht, aber wenn ich mich nicht selbst ansporne, laufe ich Gefahr, nicht weiterzuschreiben, aufzugeben.

Ich hoffe, ich halte durch, beweise Ausdauer, Stehvermögen. Denn dann kann ich etwas schaffen, was über mich hinausreicht. Etwas Bleibendes, gewidmet meiner Familie, auf dass sich alle besser an mich erinnern können. Ein Werk, welches aber auch in jedem zusätzlichen Leser weiterlebt. Lesen Sie ruhig weiter, das zeigt mir, dass der Text Sie immer noch interessiert. Halten Sie durch, so wie ich durchhalte.

Ich habe angefangen. Für mich, für mein Schreiben ist der erste Satz wichtig gewesen. Denn ich weiß: Jetzt komme ich in Gang und Sie, etwaiger Leser, bleiben dran. Aller Anfang ist schwer, das ist vorbei. Es heißt jetzt: Aller Anfang war schwer. Und wenn ich es recht bedenke, hat tatsächlich alles mit einer Aussage über einen Anfang, ja eigentlich den einen, den entscheidenden Anfang angefangen.

Prolog vor dem 1. Kapitel (von Marisa und Miriam Mai)

Dieses Buch ist ein Geschenk. Ein Geschenk an unseren Vater Heinrich. Wir werden es ihm überreichen, sobald er aus dem Krankenhaus entlassen und aus der anschließenden Reha zurück ist. Nach seinem Unfall hatten wir zwischenzeitlich fast schon die Hoffnung aufgegeben, hatten uns auf schwierige Entscheidungen eingestellt, hatten gemeinsam sein Arbeitszimmer durchstöbert – auf der Suche nach der Vorsorgevollmacht und der Patientenverfügung, die abzufassen er stets angekündigt hatte.

Gefunden haben wir noch etwas anderes, eine Sammlung von Texten, nach Paragraphen gegliedert. Heidrun kannte sie nicht, sie wusste aber von Heinrichs Vorhaben, zu schreiben. Und sie wusste um seine Sorgen. Wir haben versucht, sein Werk zu vollenden. Seine Texte sind geblieben, eingebettet in einen Zusammenhang, der aus unserer Sicht ihr Zustandekommen erklären soll. Unser Ziel war, ein veröffentlichungsfähiges Gesamtwerk zu formen. Unsere Mutter Heidrun hat uns beraten. Natürlich haben wir die Gefahr gesehen, befangen zu sein und Heinrich zu verklären. Im Bewusstsein dieser Gefahr haben wir ihm einige Eigenschaften angedichtet, die ihm beileibe abgehen.[4] Auch manch anderes ist reine Spekulation. Nicht immer war jemand von uns bei den Ereignissen dabei. Über manches wissen wir nicht einmal vom Hörensagen. Immerhin könnte es so gewesen sein. Jetzt, da das Wunder geschehen ist, soll Heinrich entscheiden, was aus dem Manuskript werden soll. [5]

---

[4] Wir weisen ausdrücklich darauf hin, dass wir dieses Werk den Beteuerungen des vermutlichen Autors (s. Vorwort) folgend als Fiktion veröffentlichen. Zudem haben wir uns erlaubt, sämtliche Namen zu verändern und die eine oder andere Anmerkung anzubringen. Die Herausgeber*innen

[5] Wir wiederholen hier noch einmal, was wir schon im Vorwort betont haben: An uns wurde das Werk unter einem Pseudonym zugesandt, das wir nochmals verändert haben. Der Einsender gibt sich als Autor aus. Vielleicht gibt es Marisa, Miriam, Heinrich und Heidrun Mai oder wie sie auch immer heißen, aber auch tatsächlich und unser Einsender schmückt sich mit fremden Federn. Es ist auch nicht auszuschließen, dass „Heinrich" die Veröffentlichung untersagt hat und das Manuskript auf welch verschlungene Weise auch immer in die Hände des Einsenders gelangt und das Nachwort dreist hinzugefügt ist. Die Herausgeber*innen

1. Kapitel

Über Festgespräche und Festgedanken

Christi Himmelfahrt. Jedes Jahr Pfarrfest. Jedes Jahr die Gelegenheit, zu überprüfen, wer noch da war. Jedes Jahr der Reaktionstest. Wie kommt er noch an in seiner Heimatgemeinde? Gibt es Balsam für die Seele? Etwa: Nach spektakulären Fällen gefragt werden und das Buhlen manches Pfarrfestbesuchers um Hintergrundinformationen genießen.

Seine Frau kannte das, hoffte, Freundinnen von früher zu treffen, eigene Gespräche führen zu können anstatt seine Geschichten zu hören. Dutzendmal erzählt. Aus ihrer Sicht allenfalls unter dem Aspekt von Interesse, wie sich die Geschichte je nach Zuhörer veränderte, wie der Erzähler der Erwartung des Hörers zu entsprechen suchte, der Erwartung an die Geschichte und insbesondere an die Rolle, die der Erzähler darin spielte.

Die Fahrt in ihrer beider Heimatort war Tradition, inzwischen ohne die Kinder, die aus dem Haus waren. Besuch des Festgottesdienstes, in einer Bankreihe neben Heidruns Mutter, anschließend Festbesuch.

Selbstbedienung. Same procedure: Sein ehemaliger Deutschlehrer als ehrenamtlicher Helfer bei den Getränken, ein Stadtratskollege seines verstorbenen Vaters bei der Essensausgabe, der Nachbar, der weiterhin gegenüber seinem Elternhaus wohnte, an der Kasse. Freundlich-freudige Begrüßungen. „Ja Heinrich, auch wieder im Lande? Wie geht's denn so? Wie lange hast Du eigentlich noch? Schon im Ruhestand?" „Immer wieder liest man von Dir in der Zeitung. Viel zu tun, was?" „Für unseren Freund Heinrich ein besonders großes Schnitzel."

Es tat gut, hier in der Kleinstadt nach wie vor gekannt zu werden und gefragt zu sein. Freilich: Wer von denen mochte und schätzte ihn tatsächlich? Die drei Pfarrfesthelfer? Wohl schon. Aber manch anderer oder andere? Heinrich war sich sicher. In Kenntnis der Gegenwart erschien vielen die Vergangenheit in einem anderen Licht.

Heinrich erinnerte sich. War ihm nicht vor etwa fünf Jahren eine Klassenkameradin, die er am örtlichen Baggersee getroffen hatte, geradezu um den Hals gefallen (Küsschen hier, Küsschen da; ja Heini, dass wir uns endlich mal wieder sehen; weißt Du noch, die wilden Partys bis spät nach Mitternacht; schade, dass Biggi nicht dabei ist, die hätte sich gefreut, so dicke wie Ihr zwei wart). „Wer war das denn?", fragten die beiden Töchter. „Und was hattest Du mit einer Biggi?"

Ja, eine Biggi war mit ihm einst aufs Gymnasium gegangen. Aber „gehabt" hatte er mit ihr gar nichts. Auch nicht mit irgendeiner anderen aus der Klasse. Keine einzige hatte ihn als mögliches Objekt der Begierde gesehen. Ihn, den kurzsichtigen, schon leicht übergewichtigen Klassenbesten, der nur zum Abschreiben zu gebrauchen war. Freilich hatte ihn wohl in der geheimen Wahl auch die Mehrzahl der Mädchen zum Klassensprecher gewählt, anders war sein grandioses Wahlergebnis gar nicht zu erklären. Reden konnte er, und bei den Lehrern war er wohlgelitten, sodass die Mitschülerinnen und Mitschüler offenbar hofften, es könne sich auf die Durchsetzbarkeit einzelner Wünsche der Klasse auswirken, wenn diese gerade von ihm vorgetragen würden.

Jetzt aber ins Festzelt. Die Schwiegermutter war schon vorausgegangen. Galt es doch Platz zu sichern an einem der Bierbänke. Schnitzel in der Rechten, Bierkrug in der Linken. Oder besser umgekehrt? Heidrun ebenso bepackt. Oktoberfestkellner waren sie nicht. Umso besser, dass Heidrun und ihre Mutter sich ein Schnitzel und ein Radler teilten, müsste man sich doch ansonsten ein zweites Mal zur Essens- und Getränkeausgabe begeben.

Wo war denn die Schwiegermutter? Gott sei Dank gleich rechts vom Festzelteingang. Gehörig weit weg von der Blasmusik. Man konnte also mit einander reden, ohne sich anbrüllen zu müssen, um die Musik zu übertönen. Ohnehin würde das Gespräch laut werden, saßen doch schon einige Freundinnen seiner Schwiegermutter mit am Biertisch. Erinnerungen an die gemeinsame Zeit im Vorstand des Katholischen Frauenbunds, Reminiszenzen der älteren Damen, das versprach nur bedingt interessante Gespräche. Hatten sie, wie sie meinten, früher den nachmittäglichen Kuchenverkauf nicht ganz anders, besser, organisiert? Kaffee und Kuchen erst ab 15.00 Uhr.

Diese Ordnung war verloren. Jetzt ging alles durcheinander, wurde das Kuchenbüffet schon um 13.00 Uhr eröffnet. Mancher, der das Pfarrfest gar nicht frequentierte, geschweige denn im Gottesdienst gewesen war, nahm jetzt günstigen Kuchen mit nach Hause. Und der treue Pfarrfestbesucher, der zunächst, wie es sich gehörte, sein Mittagessen vertilgt hatte, lief Gefahr, um 15.00 Uhr zur Kaffeezeit die attraktivsten Kuchenstücke gar nicht mehr zu bekommen.

So uninteressant wie gedacht war diese Unterhaltung gar nicht. Gut, dass sie für drei Personen nur zwei Portionen geholt hatten. Heinrich verzichtete darauf, sein Schnitzel allein zu verzehren und, wie vorgesehen, lediglich die zweite Portion seinen Frauen zur gemeinsamen Konsumation zu überlassen. Großzügig schob er ein Drittel auf den zweiten Teller („wir müssen schon gerecht sein") und gab sogleich auch noch von seinem Kartoffelsalat reichlich ab, bevor dagegen protestiert („das wird uns doch zu viel") werden konnte. Mit reduziertem Mittagsmahl würde er als Dessert ein Stück der angebotenen Schwarzwälder Kirschtorte problemlos bewältigen und deren Ausverkauf an die „Zum Mitnehmen"- Kunden rechtzeitig zuvorkommen.

§ 2   Babys Glück beginnt im Bauch

In meinem Arbeitszimmer am Schreibtisch saß ich, blickte aus dem Fenster auf die schmale, durch parkende Autos zusätzlich verschmälerte Zufahrtsstraße und die grauen Einfamilienhäuser gegenüber. Der Apfelbaum, der bis unmittelbar vor das Fenster im ersten Stock unseres Reihenhauses heraufragte, zeigte erste Knospen, die auf eine spätere volle Blüte schließen ließen. Die Bienen würden reichlich zu tun bekommen. Ein jüngerer Kollege trat vor mein Auge. Finden Sie die Examensarbeiten auch so misslungen, wollte ich ihn fragen, er aber flüsterte nur „Rettet die Bienen". Schon war er wieder verschwunden.

Wir sind nicht eingeladen, rief Heidrun. War sie in der Küche? Nein, denn flugs stand sie auch schon in der Tür. Wie konnten sie uns das antun? Wir haben doch sämtliche in Betracht kommenden Termine freigehalten. Keine Urlaubsreise im September wie gewohnt, hast Du noch gesagt. Damit wir auf jeden Fall dabei sein können, hast Du gesagt. Vorsichtshalber fassen wir den Kreis potentieller Termine weiter als angegeben, hast Du gesagt.

Das Gespräch schien unangenehm zu werden. Ich begann, Schweiß auf der Stirn zu verspüren. Nichts wie weg!

Der Hörsaal, der größte, Fassungsvermögen 1000, war gut gefüllt. Professor Birke stand neben mir. Endlich ein wirklich interessanter Vortrag, sagte er. Wenn wir volkswirtschaftlich vorne bleiben wollen, müssen wir mit der frühkindlichen Erziehung schon ganz zeitig beginnen. Jeder Monat zählt.

Heidrun war wieder da. Erneut stand sie vor mir, in meinem Arbeitszimmer war sie vor meinen Schreibtisch getreten. Die sonst so sanfte Heidrun war aufgewühlt. Sie haben Dich nie gemocht, sagte sie. Sie haben manipuliert. Anders ist es nicht zu erklären. Zu einer Erklärung konnte ich nichts beitragen. Die gesamte Szene war mir schleierhaft. Wozu waren wir von wem nicht eingeladen?

Der Hörsaal gab weniger Rätsel auf. Der Referent beschwor das deutsche Strukturproblem („keine materiellen Rohstoffe"; „unser Rohstoff ist allein unser Geist"). Frühkindliche Bildung, etwa die Spracherziehung beginne im Mutterleib. Wir wissen, dass der Fötus, sei er männlich, weiblich oder divers, bereits Stimmen unterscheidet und auf Musik reagiert. Warum lassen wir ihn nur mithören? Lassen wir ihn sehen, noch bevor er im althergebrachten Sinn das Licht der Welt erblickt. Erleuchten wir schon den Uterus!

Eine Tauffeier lehnen Carola und ihr Mann ja ab, hörte ich mitten in den Hörsaal hinein die Stimme Heidruns. Und schon saß ich wieder in meinem Arbeitszimmer und blickte Heidrun in die Augen. Referent und Hörsaal hatten sich in Nichts aufgelöst. Wir feiern stattdessen den nullten Geburtstag, klang mir Nichte Carola im Ohr. Danke, danke lieber Onkel, für Deine wertvollen Tipps, säuselte sie und kicherte. Eigentlich klang sie doch ganz nett, die Nichte.

Was also war schiefgelaufen, dachte ich und versuchte der nach wie vor aufgewühlt dreinblickenden Heidrun wieder zu entfliehen. Ich fand zurück in den Hörsaal.

Wieder sah ich den Referenten, einen etwa dreißigjährigen Schlaks, schlammfarbene Lederjacke, weißes Hemd, türkise Krawatte, schwarze Jeans, edelbelöchert. Unsere Universität zieht ein Exzellenzprogramm an Land. Warum bereiten wir alle auf die Geburt vor, nur den männlich/weiblich/diversen Fötus nicht? Der Referent entwickelte Leidenschaft und hob seine Stimme. Längst wissen wir, ja, geschätztes Auditorium, längst wissen wir, dass das Trauma der Geburt den/die/das Fötus (der Referent muss natürlich auch darlegen, dass seine Forschung nicht gegen Grundsätze der Gendergerechtigkeit verstößt, daher die Sprache, flüsterte mir Professor Birke zu), dass dieses Trauma ihn oder sie zunächst in der Entwicklung zurückwirft. Wie auch nicht? Heißt es doch: Heraus aus der warmen, zwar dunklen, aber doch gemütlichen Höhle! Wir werden dieses Trauma vermeiden und bereiten alle Beteiligten, nicht nur wie bisher die Eltern, auf die Geburt vor, planen Übertragungen aus dem vorgesehenen, freundlich im Sinne einer Willkommenskultur gestalteten, Empfangsraum, früher hätten wir von Kreißsaal gesprochen, planen also Übertragungen in den Uterus, um mit den späteren ersten Eindrücken nach der Geburt vertraut zu machen. Anhand der Reaktionen erkunden wir auch den Musikgeschmack, um die passende Begleitmusik zur Geburt auszuwählen. Alles im Angebot. Von Ihr Kinderlein kommet über Mozart bis zu Heavy metal. Wir sind überzeugt, dass wir genügend Eltern finden, die sich an unserem Programm beteiligen und damit teilhaben am Fortschritt der Wissenschaft. Professor Birke flüsterte mir erneut zu. „Faszinierend", sagte er. Ich werde dafür sorgen, dass meine künftigen Enkel schon im Mutterleib in diese Förderung einbezogen werden. Wer sich hier beteiligen kann, hat schon einen erheblichen Startvorteil.

Onkel Heinrich sollte zur Geburtstagsfeier nicht kommen. Ich saß im Wohnzimmer und sah auf Carolas WhatsApp-Nachricht. Keine Begründung, sagte ich und wandte mich Heidrun zu. Da sind übrigens nicht wir beide ausgeladen, nur ich soll nicht dabei sein. Willst Du allein hinfahren? Immerhin kannst Du mir ja berichten und vielleicht Filmaufnahmen drehen. Kommt ja gar nicht in Frage, sagte Heidrun empört. Wir beide sind nur im Paket zu haben.

Im Hintergrund lief die heute-Sendung. Der Schlaks erschien im Bild. Ich stellte den Ton lauter und lauschte. Erstmals, verkündete der Schlaks im Interview, erstmals ist es uns eindeutig gelungen, die Wünsche eines Fötus zur Gestaltung ihrer, ich verwende hier geschlechtsunabhängig die weibliche Form, die Wünsche eines Fötus zur Gestaltung ihrer Geburt festzustellen. Unsere Probandin, sie ist übrigens wirklich weiblich, hat sich als geburtsbegleitende Musik New-Orleans-Jazz gewünscht. Wir haben ihr auch Fotos potentieller Gäste zum nullten Geburtstag in den Uterus projiziert. Auf weiße alte Männer aus ihrer Verwandtschaft hat sie konsequent ablehnend reagiert.

Ich erwachte, stand auf, traf Heidrun im Badezimmer und erinnerte mich an den Ärger um den anstehenden nullten Geburtstag. Ich dankte Heidrun für die Solidarität, mit der sie all die Schmähungen weißer alter Männer, wie sie bereits in der unmittelbaren Verwandtschaft Einzug hielten, solidarisch mittrug. Heidrun reagierte gelassen. Hast Du wieder geträumt? fragte sie.

2. Kapitel

Über den richtigen Platz

Heinrich war ins Grübeln geraten. Konnte er sich die Torte gönnen? Weshalb hatte der frühere Nachbar an der Pfarrfestkasse vom Ruhestand gesprochen? Er war lediglich ein wenig über 60. Kannte der die Ruhestandsregeln für den öffentlichen Dienst nicht? Wir waren hier nicht bei der Bundewehr oder der Polizei! War er zu dick, nicht sportlich genug? Sah er schon so alt aus? War er bis vor kurzem nicht als eher jung beurteilt worden, hatte er sich nicht mit älteren Kolleginnen und Kollegen herumgeschlagen, die der festen Überzeugung gewesen waren, er sei zu unerfahren, geradezu ein Grünschnabel und sie, die Älteren, wüssten viel besser, wo es lang gehe?

War dem 75-jährigen früheren Nachbarn nicht schon längst das Zeitgefühl verloren gegangen? Hatte der sich bei seiner Äußerung überhaupt etwas gedacht? Vermutlich bloßes Dahergerede.

Andererseits: Ein wenig Sport wäre wohl nicht schlecht. Er saß zu viel, telefonierte, studierte Akten. Zwar stand er immer wieder auf, warf einen Blick ins Vorzimmer, orderte eine Tasse Tee, suchte die Toilette auf. Das genügte aber nicht, nahm er doch zudem Arbeit mit ins Wochenende, verbrachte auch zuhause viel Zeit am PC und verweigerte mit dem Ausdruck des Bedauerns seiner Frau gemeinsame Radtouren oder sonstige sportliche Aktivitäten. Du gehörst an die frische Luft, pflegte seine Frau zu sagen.

Heidrun hielt nach neuen Gesprächspartnern für Heinrich Ausschau. Nach dem Essen langweilte ihn, so ihre Prognose, die Unterhaltung der Damen vom Frauenbund. Bald steht er auf, läuft herum, hält Ausschau nach Bekannten und holt sich, wenn er niemanden findet, viel zu früh einen Kuchen (und später einen zweiten!). Dass er von seiner Schnitzelportion etwas abgegeben hatte, war ungewöhnlich und verdächtig.

Einige Tische weiter saßen örtliche Honoratioren, der Bürgermeister mit Gattin, Stadträte, vereinzelt weiblich, der Landtagsabgeordnete mit seiner Frau Gemahlin, der katholische Pfarrer mit Pfarrhaushälterin. Alle dicht aneinander, wollte doch jeder im Dunstkreis des Bürgermeisters einen Platz am wichtigsten Tisch im Zelt ergattern und dadurch seine Bedeutung unterstreichen. Zumal: Auch der Pressevertreter der örtlichen Zeitung war mit am Tisch, einer, der zwar nicht das Gras wachsen hörte, aber doch gerne aus Äußerlichkeiten meinte seine Schlüsse ziehen zu können, galt es doch für die Mehrheitspartei, einen neuen Bürgermeisterkandidaten zu finden (oder vom amtierenden Bürgermeister empfohlen zu bekommen). Da konnte es schon ein Indiz sein, wer in der Nähe des Bürgermeisters wie goutiert wurde. Im Grunde interessiert dieses Geschehen meinen Mann nicht, dachte Heidrun. Heinrich hatte der Politik entsagt, sich zurückgezogen. Wahrgenommen werden, das war ihm wichtig, und an jenem, ohnedies überfüllten, Tisch würde er eher die Bratsche als die erste Geige spielen können.

Heidrun entdeckte den ehemaligen Latein- und Griechischlehrer Gutspecht, Sozialdemokrat, einst ehrenamtlicher zweiter Bürgermeister, seit 10 Jahren im Ruhestand und auch nicht mehr im Stadtrat. Gutspecht saß nicht am Bürgermeistertisch. Um ihn herum einige andere Lehrkräfte und seine Frau. Sie schienen sich zu langweilen. Kein Gespräch, nur Zuprosten. Führte einer das Bierglas zum Munde, taten es ihm die anderen nach.

Heinrich zeigte Anzeichen von Unruhe. Das Gespräch der Frauen war bei Strick- und Häkelthemen angekommen. Bald würde er aufstehen. Ersichtlich wartete er auf eine Gesprächsunterbrechung. Ja, sagte die ehemals zweite Vorsitzende gerade, die Burda ist auch nicht mehr das was sie einmal war. Wie auch, warf die frühere Schriftführerin ein, die Jugend interessiert sich doch längst nicht mehr für Handarbeit. Alle seufzten und griffen zu ihrer Radlerhalben. Die Gelegenheit, dachte Heidrun, und tatsächlich stand Heinrich auf. Ich schau mich mal um, murmelte er. Ich komme mit, sagte Heidrun, erhob sich rasch und folgte ihm. Und schon waren die Damen des Katholischen Frauenbundes unter sich.

Heinrich blickte nach rechts. Möchtest Du etwa beim Bürgermeistertisch vorbei? fragte Heidrun. Nein, nein, sage Heinrich, ohne länger nachzudenken und wandte sich automatisch nach links. Jetzt stimmt die Richtung, dachte Heidrun.

§ 3   Chaos ist Chance

Meist sah ich nur das rechte, es sei denn in den seltenen Augenblicken, in denen er sich die über dem linken Auge liegenden Haarsträhnen aus dem Gesicht strich, nur damit sie kurz darauf zurückfielen und erneut dieses Auge überdeckten, ohne auf ihm zu lasten. Stets holte er mit der rechten Hand schwungvoll aus, erfasste die Haarsträhnen und hielt in der Bewegung einen kurzen Moment inne, fast als überlege er, ob er das linke Auge tatsächlich freigeben wolle oder solle. Gerade in diesem Zögern, welches nie zu einem Abbruch der Auge-Enthüllungsaktion führte, lag das Faszinosum. Keiner von den vielen, die mit ihm zu tun hatten, war sich sicher, ob die Bewegung zu Ende geführt oder abgebrochen werden würde. Hätte man nachgefragt, hätte auch niemand aussagen können, ob und wenn ja wie oft der Blick auf das linke Auge tatsächlich freigegeben und ob und wenn ja wie oft die Freigabebewegung gerade nicht zu Ende geführt wurde. Dass letzteres tatsächlich niemals geschah, keiner hätte das bestätigen können.

Er war der Chef, er lud zu Besprechungen und ließ über sein Sekretariat die entsprechenden Unterlagen versenden. Stets erreichten die Teilnehmer Tagesordnung und erste Beschlussvorlagen zwei Wochen vor der Sitzung. Niemals blieb es bei diesen Vorlagen. Wie wenn der Chef im Vorfeld der Besprechung mit sich selbst konferierte, folgten stets überarbeitete Fassungen mit ausführlichen Erläuterungen.

Keiner konnte je sicher sein, den Überblick behalten zu haben. Es empfahl sich, noch kurz vor Sitzungsbeginn zu überprüfen, ob sich nicht eine neue Fassung im Einlauf befand.

In der Besprechung kamen alle zu Wort. Der Chef gab der Diskussion freien Lauf und Zeit, um sich dann ganz spontan in den verfahrensten Situationen mit neuen Überlegungen einzuschalten. Wir müssen das visualisieren, sagte er gerne und zeichnete Striche, Kreise, Kästchen auf sein geliebtes Flipchart, stets in Verwendung unterschiedlicher Farben, deren   Bedeutung er einem steten Wandel unterzog, sei es weil er den einer Farbe zugeschriebenen Sinn wieder vergessen hatte (was war rot gleich nochmal?), sei es, weil er im Prozess der Visualisierung, der von einem erläuternden Wortschwall teils begleitet, teils unterbrochen wurde, gar nicht mehr darauf achtete, zu welcher Farbe er gerade gegriffen hatte (oh, jetzt habe ich gelb erwischt, das bedeutet jetzt aber nicht, dass die Maßnahme gefährdet ist; Sie wissen ja, gelb wäre die Farbe von Neid und Missgunst), sei es weil er kurzfristig die Zuschreibung von bestimmten Farben zu bestimmten Bedeutungen veränderte. Grün nehme ich jetzt doch lieber nicht für bereits feststehende Veränderungen, passt da Schwarz? fragte er in einem solchen Fall nach. Grün heißt ja Hoffnung; wenn also der Wechsel von A aus der Abteilung 1 in die Abteilung 2 grün eingezeichnet ist, hieße das, dass das noch keineswegs gesichert wäre, sondern wir nur hoffen, dass A sich zu einem solchen Schritt entschließt bzw. bereit erklärt. Weil aber der Wechsel feststeht, übermalen wir jetzt einfach das Grün mit Schwarz.

Ist das in Ordnung? Mit solchen Rückfragen band er uns in die Debatte ein, verursachte ergänzende Hinweise und Einwände. Sind Sie sich wirklich sicher, dass A wechselt? frägt einer. Natürlich, vor sechs Wochen hat er sich bereit erklärt. Jetzt ist er aber Vater geworden, erklärt die nächste. Ob der jetzt noch auf weitere Veränderungen erpicht ist? Mit einem solchen Wechsel tun wir dem A zum jetzigen Zeitpunkt doch gar keinen Gefallen. Wäre die Ampelfarbe Rot nicht das Richtige, wenn wir etwas gar nicht wollen und den Wechsel stoppen? Das Flipchartgemälde wurde zum Gemeinschaftswerk.

Es wird mir für immer ein Rätsel bleiben, ob Heinrich Mai tatsächlich der Chaot war, als der er uns erschien. Es bleibt aber festzuhalten, dass wir in unseren Besprechungen am Ende durchaus sinnvolle Ergebnisse erzielt haben, die fast immer alle mitgetragen haben.

Jetzt da Mai nicht mehr unser Chef ist, frage ich mich gelegentlich, ob sich Mai nur als Chaot gebärdet hat. War all dies Bestandteil einer durchdachten Strategie?

3. Kapitel

Über Begegnungen mit Lehrkräften

Gutspecht hatte Heinrich entdeckt. Ja Herr Mai, rief er, schön, dass Sie auch da sind. Kommen Sie und setzen Sie sich. Ich hol Dir ein zweites Radler, sagte Heidrun, nickte ihrem Mann aufmunternd zu und verschwand im Getümmel.

Erst auf dessen Rufen hin hatte Heinrich Gutspecht wahrgenommen. Unschlüssig blieb er stehen. Sollte er seinen Weg zum Kuchenbüffet unterbrechen und sich zu Gutspecht setzen? Er war mit seiner Entscheidungsfindung zu langsam. Schon war die fürsorgliche Heidrun unterwegs, ihm ein Radler zu holen. Jetzt hatte er sich zu Gutspecht zu setzen und seine Radlerhalbe zu trinken. Die Schwarzwälder Kirschtorte musste noch warten.

Eilfertig machte die Lehrerrunde Platz. Immerhin, sie schätzten ihn – und erwarteten sicher den einen oder anderen Kommentar zum Zeitgeschehen. Schön, dass Sie da sind. Sie haben sicher viel zu tun in diesen Zeiten des „Wir schaffen das"? fragte, nein, nicht Gutspecht, sondern ein rechts von Gutspecht platzierter Herr, dessen zerfurchtes Gesicht Heinrich nachdenklich stimmte. Wie die Zeit vergeht, jetzt hätte ich meinen Geschichtslehrer fast nicht wieder erkannt. Nur seine roten Haare sind ihm geblieben.

Viel zu tun, ja. Heinrich zögerte mit einer Antwort. Wir haben immer viel zu tun. Da macht sich natürlich nach wie vor auch die Flüchtlingswelle bemerkbar. Wir müssen aber doch helfen, warf eine jüngere, auffallend schlanke, ihm unbekannte Frau ein, die neben ihm saß und ihre schwarzen Haare zu einem kunstvollen Gebilde hochgesteckt hatte, für das ihm die richtige Bezeichnung fehlte. Ich muss Heidrun fragen, wie man das nennt, dachte Heinrich. Die

Fragestellerin war wohl eine aus dem jüngeren Lehrerkollegium (Ethik?). Ihn hatte sie jedenfalls nicht unterrichtet.

Selbstverständlich müssen wir helfen, beeilte sich Heinrich zu versichern, alles andere als darauf erpicht, in die rechte Ecke gestellt zu werden, in die er aus seiner Sicht gerade in dieser Frage ganz sicher nicht gehörte. Ich spreche ja nur von den zusätzlichen Aufgaben. Da gibt es vieles anzupacken. Nehmen Sie mal die unbegleiteten Kinder und Jugendlichen. Denen muss zum Beispiel ein Vormund bestellt werden usw. Da bleibt halt auch manches andere liegen. Aber, ganz klar, Integration ist jetzt das Wichtigste. So sehe ich das auch, sagte die mutmaßliche Ethiklehrerin, nicht zu vergessen eine Politik, die Flüchtlingsursachen bekämpft.

Heidrun stand hinter ihm. Dein Radler, sagte sie. Ach, Frau Mai, setzen Sie sich doch mit dazu, sagte Gutspecht und bedeutete der engagierten schwarzhaarigen Gesprächspartnerin, zur Seite zu rücken, sodass Heidrun neben Heinrich zu sitzen kam. Herbst, sagte die Schwarzhaarige, zu Heidrun gewandt. Jennifer Herbst, Mathe und Physik!

§ 4 Doppelt schnell ist doppelt gut

Wie Sie wissen, gehört es zu den wichtigsten Herausforderungen, die Ihr künftiges Berufsleben an Sie, zumindest an viele von Ihnen, stellen wird, rasch und überzeugend auf veränderte Situationen reagieren zu können. Wir haben deshalb kurzfristig die Prüfungsbedingungen geändert. Wir sind absolut berechtigt, Sie heute mit einer Konstellation zu konfrontieren, auf die Sie sich nicht haben einstellen können. Wir testen damit gerade Ihre Fähigkeit, die Nerven zu behalten.

Ein Gefühl der Beklemmung befiel die Prüflinge. Damit hatten sie nicht gerechnet, waren vielmehr, immerhin am sechsten Prüfungstag, auf die ewig gleiche Litanei der Prüfungsbedingungen gefasst, die die jeweilige Prüfungsaufsicht vortrug. Was kam da auf sie zu?

Sie erhalten heute nicht eine, sondern zwei Prüfungsarbeiten, erklärte die Aufsichtsperson, eine kräftig gebaute Mitfünfzigerin, mit süffisantem Grinsen. Die Prüfungszeit von fünf Stunden bleibt im Grunde unverändert. Sie bekommen aber vorneweg 30 Minuten zusätzlich Zeit, um die Aufgabentexte zu studieren. Dann müssen Sie sich entscheiden: Bearbeiten Sie Aufgabe 6a oder 6b oder eben beide? Wie jetzt? unterbrach einer der Prüflinge, sehr kurz, fast stoppelartig geschnittene Haare, blaue Latzhose, kantige Gesichtszüge. Sie können doch nicht einfach die Bedingungen ändern. Wo bleibt da der Rechtsstaat, der Vertrauensschutz?

Die Aufsichtführende verzog die Mundwinkel. Ach, Vertrauen, sagte sie, dehnte dabei die Vokale und legte zwischen die beiden Worte eine besonders lange Pause, um Zeit zu gewinnen. Wissen Sie, fuhr sie fort, in einer Gerichtsverhandlung werden Sie auch nicht in ihrem Vertrauen darauf geschützt, dass die Zeugen das aussagen, was Sie erwartet haben. Flexibilität, meine Herrschaften. Außerdem, erklärte sie, jetzt eher kurz angebunden, außerdem bin ich nicht dazu da, die Neuerung über das hinaus zu begründen, was unsere zentrale Prüfungsleitung schreibt. Hier heißt es, sie blätterte jetzt in ihren Unterlagen, es heißt da, ich zitiere: Die Änderung der Modalitäten bei Aufgabe 6 schafft zusätzliche Bearbeitungsoptionen. Wer zwei Aufgaben nimmt, entscheidet sich für zupackende Schnelligkeit, wer sich fünf Stunden Zeit für eine Aufgabe gönnt, bevorzugt wissenschaftliche Gründlichkeit. Dementsprechend wird auch korrigiert.

Der örtliche Prüfungsleiter saß an seinem Schreibtisch. Es klopfte an der Tür, und Frau Goldlicht, die Hüterin seines Vorzimmers, betrat den Raum. Die Prüfung ist ohne Zwischenfälle verlaufen, sagte sie. Und, erkundigte sich der örtliche Prüfungsleiter, wie viele Kandidaten haben zwei Aufgaben bearbeitet? Weshalb zwei? Frau Goldlicht sah ihn erstaunt an.

Ach, erwiderte der örtliche Prüfungsleiter, ich dachte nur gerade nach. Man weiß ja nie, was dem Landesjustizprüfungsamt so alles einfällt.[6] Inzwischen sind manche Aufgaben ja ohnehin schon doppelt so umfangreich wie früher, sagte er und seufzte.

---

[6] Sämtliche Landesjustizprüfungsämter haben auf Nachfrage versichert, dass keine Pläne bestehen, statt einer künftig zwei Aufgaben zu stellen. Die Herausgeber*innen

4. Kapitel

Über Übersetzungsfehler

Erst neulich habe ich von Ihren sportlichen Erfolgen in der Zeitung gelesen, Herr Gutspecht, begann Heidrun die Unterhaltung. In Heinrichs Innerem entwickelte sich Unmut. Sie ist offenbar gewillt, jede Gelegenheit zu nutzen, um mich zu sportlichen Aktivitäten zu animieren. Wenn er schon nicht mit ihr joggte oder radelte, an die frische Luft sollte er auf jeden Fall gebracht werden. Gutspechts Fitness interessierte Heidrun sicher nicht wirklich. Wenigstens war die heikle politische Diskussion für den Augenblick vom Tisch.

Ich bin immer in aller Früh auf dem Golfplatz, erläuterte Gutspecht. Die frische Luft (auch er, dachte Heinrich, er redet wie Heidrun) tue gut, ebenso die Bewegung und die je neu notwendige Konzentration vor jedem Schlag. Stets spiele er mit seinem Freund Strobl. Gutspecht klopfte dem Geschichtslehrer neben sich aufmunternd auf die Schulter. Ja, Golfen kann man bis ins höhere Alter. Nach der Golfrunde ist auch der Kopf durchgelüftet, fuhr Gutspecht fort. Sie sind doch auch christlich orientiert? fragte er unvermittelt, wartete nicht auf eine Antwort und erklärte, nach dem Golfen am Schreibtisch zu sitzen und das Evangelium nach Johannes neu zu übersetzen.

Was? entfuhr es Heinrich. Ist das nicht schon längst vernünftig übersetzt? Gott bewahre, erklärte Gutspecht. Luther hatte doch keine Ahnung vom Griechischen. Und die anderen haben sich sämtlich an ihm orientiert.

Da geht es nicht um Nebensächlichkeiten, ereiferte sich Gutspecht. Wie Sie ja wissen ist das Johannes-Evangelium das bei weitem theologisch ergiebigste, jedenfalls interessanteste, der Prolog die Konzentration der zentralen Glaubenswahrheiten. Umso schlimmer, dass genau das so verfehlt übersetzt wurde. Teils richtig falsch, was sage ich, völlig falsch. Meine Neu-Übersetzung hat das Zeug dazu, die Theologie zu revolutionieren. Die Schwierigkeit besteht lediglich darin, einen Verlag zu finden.

Heinrich blickte in die Gesichter der Lehrerrunde und war erstaunt, wie gelassen sich der Kollegenkreis das anhörte. Da wurde Unerhörtes verkündet, und die saßen da und reagierten allenfalls dadurch, dass sie einen Schluck aus ihrem Bierglas nahmen. Rhetorisch brillant wie eh und je, der Gutspecht.

Heidrun reagierte anders. Und was ist jetzt das Neue, Herr Gutspecht? Gutspecht nahm Haltung an, der Rücken straffte sich. Ich könnte stundenlang referieren, erklärte er. Nehmen wir nur den ersten Satz: Im Anfang war das Wort. So auch die Einheitsübersetzung. Das Wort. Gutspecht wurde lauter. Das Wort, stellen Sie sich vor, das Wort, Herr Mai!

Gutspecht wandte sich, Heidrun nicht mehr beachtend, jetzt ausschließlich Heinrich zu. Das erschließt sich doch schon jedem ordentlichen Griechischschüler, wie Sie ja einer waren. Erinnern Sie sich an meinen Unterricht? Welch schwache Übersetzung für Logos! Ich dagegen übersetze: Im Anfang war der Logos, der vernünftig waltende schöpferische Geist. Und dieser Geist, eben nicht bloß das Wort, sondern dieser vernünftig waltende, göttliche Geist, er wurde Mensch, nicht einfach Fleisch. In der Person Jesu Christi wurde er Mensch.[7]

Gutspecht schien von seiner eigenen Rede ergriffen. Beim letzten Satz war ihm die Stimme gebrochen. Er seufzte. Einen Verlag zu finden, das wird schwierig. Wer will schon gerne zugeben, den Gläubigen jahrhundertelang eine völlig schiefe Übersetzung vorgesetzt zu haben. Und: Will es überhaupt jemand wahrhaben?

Das interessiert mich sehr, sagte Heinrich. Wir brauchen ja in der Tat eine Erneuerung der Kirchen, vor allem der römisch-katholischen. Ich sehe da vor allem einen strukturellen Reformbedarf: Schluss mit der Klerikalisierung, mehr Einfluss den sogenannten Laien, Gleichberechtigung der Frau etc. Aber vielleicht muss die Erneuerung, besser gesagt die notwendige Erschütterung ja tatsächlich vom Bibeltext und seinem Verständnis her kommen. Ihre Arbeit ist wichtig. Heinrich sprach's und nahm einen kräftigen Schluck.

Wenn Sie so interessiert sind... Gutspecht überlegte. Ich sende Ihnen gleich mal die ersten Seiten der Neu-Übersetzung zu. Aber Herr Gutspecht, schaltete sich Heidrun ein. Sie brauchen doch gar nicht die Post zu bemühen. Werfen Sie's

---

[7] Vgl. die Übersetzung von Benedicter, Kurt: Logos, Ewiges Leben, Erleuchtung, Wahrheit, philologisch und inhaltlich kritische Neu-Übersetzung des Evangeliums nach Johannes, 2012, S. 39, 41. Anmerkung des Autors

doch einfach bei meiner Mutter in den Briefkasten. Zehner, nicht wahr, sagte Gutspecht. Fast, Zehnerle, erwiderte Heidrun. Na, dann ist ja alles geklärt. Frau Gutspecht mahnte zum Aufbruch und freundlich verabschiedeten sich beide. Und kurz darauf löste sich der gesamte Tisch auf und alle gingen ihrer Wege.

Heinrich holte sich seine Schwarzwälder Kirschtorte (das letzte Stück!) und bot Heidrun die Hälfte davon an, in der Hoffnung, sie werde verzichten, eine Hoffnung, die sich erfüllte.

Der Gutspecht hat noch einiges drauf, sagte Heinrich zu seiner Frau. Hast Du´s bemerkt? Vordergründig hat er eine wirklich witzige, weil wörtlich genommen in sich widersprüchliche Formulierung korrigiert, durch die Korrektur aber gerade darauf aufmerksam gemacht. Richtig gut war das. Ja, sagte Heidrun, er ist halt auch gerne an der frischen Luft. Sie konnte es einfach nicht lassen.

§ 5   Ehre ist endlich

Im Nachhinein war es vorhersehbar gewesen. Eigentlich hatte es so kommen müssen.

Der junge Ministerialbeamte, ein Regierungsrat zur Anstellung, blickte in eine Reihe von Gesichtern, Gesichter, die Personen zugehörig waren, welche angestrengt nach Mitteln suchten Mienen zu vermeiden, die ein neutraler Beobachter als „betreten" hätte bezeichnen müssen. Nun war freilich kein neutraler Beobachter zugegen und ihre Blicke trafen sich lediglich mit denen des jungen Beamten, der voller Erwartung eben diesen Blickkontakt suchte, voller Erwartung, gelobt zu werden in Anerkennung seiner gewaltigen Leistungssteigerung. Diejenigen, deren Blicke gefragt waren, spürten eine irgend geartete Erwartungshaltung des Beamten, missdeuteten sie allerdings als ein Gieren nach Zuspruch und Trost, nicht nach Lob. So entschlossen sie sich, ihre Enttäuschung über den Auftritt des Kollegen nicht zu verbergen, verpackten ihre Botschaft aber in schonende Redensarten. Das war heute eine schwere Aufgabe, sagte der Erste. Danke für Ihren unermüdlichen Einsatz, ergänzte der Zweite.

22

Man kann nicht immer gleich exzellent sein, meinte der Dritte, der beim Aussprechen des Wortes „exzellent" den Eindruck erweckte, er habe eine Kröte verschluckt. Der Regierungsrat war überrascht und blendete in Gedanken zurück.

Es klopfte. Großjäger stand in der Tür. Sie wissen ja, Herr Kollege, begann er, sich behutsam zu seinem Anliegen vortastend, Sie wissen ja, dass unser Betriebsausflug ansteht. Was Sie vielleicht nicht wissen, aber wissen sollten: Unser Herr Staatsminister gehört zu den Freunden des Fußballs. Der Herr Minister hat dem Personalrat den Vorschlag unterbreitet, als Gemeinschaftsaktion ein Fußballspiel zu veranstalten. Er denkt, dass gerade die Beamten des höheren Dienstes ihre Fitness in einem Spiel gegen die übrigen Bediensteten des Hauses unter Beweis stellen könnten. Wir brauchen also eine Fußballmannschaft des höheren Dienstes. Sie gehören doch zu unseren jüngeren Kräften, die sicher mitspielen könnten.

Der willige Beamte erinnerte sich an seine letzten Fußballspiele in der Schule. Er hatte gerne gespielt, in der Schule und in seiner Freizeit. Nicht im Verein, nein, ein Straßenfußballer, exakter ein Garagenhofbolzer war er gewesen. Aber jetzt? Lange Arbeitstage im Büro, nebenher die Promotion. Er trieb keinen Sport und hatte keine ausreichende Kondition. Einerseits. Andererseits einfach Nein sagen, noch dazu, wenn der Minister rief, das ging nicht. Ich weiß nicht, ob ich eine Verstärkung wäre, hörte er sich sagen. Ich habe länger nicht mehr gespielt. Die Kondition reicht sicher nicht aus.

Kein Problem, erklärte Großjäger lächelnd. Setzen Sie sich doch auf die Auswechselbank! 15 Minuten Kurzeinsatz als frische Kraft, das geht doch sicher.

14 Tage später, der Betriebsausflug war näher gerückt, klopfte es wieder an der Tür. Großjäger in demutsvoller Haltung, den Kopf sachte von rechts nach links wiegend. Mmh, sagte er, also, die Lage ist die. Kurz gesagt, wir haben nur 11 Spieler, es gibt keine Auswechselbank. Wir müssen alle von Anfang an ran. Welche Position könnten Sie denn übernehmen, Herr Kollege? Der so Befragte, der sich in diesem Augenblick unkollegial im Stich gelassen fühlte und kurz davor stand, die Frage zu stellen, weshalb denn so wenige andere sich gemeldet hatten und wo denn die vielen blieben, die sich sonst immer nach vorne drängten und deren Zahl die 11 schließlich bei weitem überschritt, dieser junge Mann, Referent im öffentlichen Recht, mit der Bereinigung des Landesrechts befasst, der eben, bevor Großjäger hereingeplatzt war, die möglicherweise immer noch gültige königliche Verordnung zum Schutz der Wanderwege der Kröten im Gebiet von

Gemeinden mit weniger als 1000 Einwohnern im Ammerland studiert hatte, schluckte die Kröte. Rechter Verteidiger, sagte er. Ich habe immer rechter Verteidiger gespielt.

Herzlichen Dank, sagte Großjäger und nickte, Begeisterung zeigend. Dann bis zum Betriebsausflug in 14 Tagen. Ich notiere das und melde es an Ministerialdirigent Brandl. Er hat die Betreuung der Mannschaft übernommen. Ich selbst werde auch als Spieler gebraucht. Großjäger seufzte. Gefragt, ob Brandl noch ein Training einberufe, erwiderte er, Brandl habe das vor, aber eigentlich, wenn Sie mich fragen, schob er überflüssigerweise ein, war er doch gerade gefragt worden, eigentlich habe der gar keine Zeit dafür. Auf jeden Fall, beeilte Großjäger zu versichern, auf jeden Fall macht er sich Gedanken zur Taktik und teilt die Spieler ein, im Notfall aufgrund einer Ferndiagnose zu deren Leistungsvermögen. Wahrscheinlich schickt er uns noch einen kurzen schriftlichen Vermerk zur endgültigen Aufstellung und Ausrichtung. Es macht ja einen Unterschied, ob wir mit Dreierkette und Doppelsechs spielen oder uns offensiv etwas mehr zutrauen sollen. Außerdem, da bin ich mir sicher, hält Brandl vor dem Spiel noch eine flammende Ansprache, beendete Großjäger seinen Vortrag.

Der bislang eher fernab des Sports zu größten Hoffnungen Anlass gebende Ministeriale wusste, dass er binnen 14 Tagen konditionell nicht mehr viel ausrichten konnte. Jetzt mit dem Training zu beginnen, schien ihm vertane Zeit. Vielmehr polierte er seine alten Fußballschuhe. An glänzender Ästhetik sollte es nicht fehlen. Außerdem sorgte er sich, wie er denn die von Herrn Staatsminister vorgegebenen 90 Minuten Spielzeit überstehen könnte. Er würde jeden irgendwie vermeidbaren Schritt oder gar Sprint vermeiden. Positiv würde er nicht herausragen können. Da galt es, nur ja nicht negativ aufzufallen.

Der Tag des Betriebsausflugs brachte gemäßigtes Septemberwetter, keine Niederschläge, überwiegend sonnig, Höchsttemperaturen von 18 Grad Celsius. Sie waren im Stadion jenes Fußballclubs, in dem der Herr Staatsminister als Ehrenvorsitzender fungierte. In der Umkleidekabine gab Brandl letzte Anweisungen. Wir haben es vor allem mit Wachtmeistern zu tun, dozierte er. Mancher durchtrainiert, andere aber, bedingt durch regelmäßige Zufuhr von Weizenbier, völlig außer Form geraten. Die Ehre des höheren Dienstes steht auf dem Spiel, sagte Brandl und verteilte die Trikots. Sie, sagte Brandl zu unserem Jungakademiker, Sie sind mein rechter Verteidiger.

24

Er hatte Glück. Die gegnerische Mannschaft bot auf ihrer linken Sturmseite nicht ihr stärkstes Kaliber auf, einen schon etwas in die Jahre und ins Gewicht gekommenen „Ersten Justizhauptwachtmeister", der sich zwar nicht mehr im Fußballspiel, wohl aber im Herumkommandieren hervortat und immer wieder den Ball verlangte, den er aber von seinen an den Erfolgschancen ihres Teams orientierten und auf dem Platz nicht allzu hierarchiehörigen Mitspielern nur selten zugespielt bekam. Auf diese Weise liefen die gegnerischen Angriffe meist über deren rechte Seite, sodass unser junger Freund, zuständig für die Bewachung des Linksaußen, nicht allzu viel zu tun bekam. Gaben die Wachtmeister dem Drängen ihres Oberkommandierenden doch einmal nach, so konnte dieser den durchaus klug gespielten Ball entweder nicht erlaufen oder er verdribbelte sich derart, dass es dem Regierungsrat zur Anstellung nicht schwerfiel, ihm den Ball abzunehmen, um ihn dann rasch an einen Mitspieler weiterzuleiten. Jeden überflüssigen Schritt vermeiden, das hieß: So schnell wie möglich den Ball wieder loszuwerden, sich keineswegs für irgendein Zuspiel anzubieten, insbesondere nicht dem abschlagenden Torwart.

Mit dieser ressourcenschonenden Spielweise konnte der rechte Verteidiger, nennen wir ihn einfach Mai, nicht nur gut die erste Halbzeit überstehen. Vielmehr stellte er 15 Minuten vor Spielende fest, dass er keinerlei Kräfte verloren hatte, während die meisten übrigen Spieler sich allmählich jenem Zustand näherten, bei dem das Zahnfleisch die Schuhe zu ersetzen scheint. Die letzten 15 Minuten, da konnte er jetzt schon etwas mehr tun. Mai bot sich also an, rückte, immer wieder nach vorne drängend, ins Mittelfeld vor, umkurvte gegnerische Spieler, jagte ihnen den Ball ab und schlug schließlich die entscheidende Flanke, die zum Ehrentreffer des höheren Dienstes führte, der im Ganzen mit 1:4 unterlag. Am Ende war Mai nicht nur der vielumjubelte „Scorer", sondern auch der Topverteidiger, der auf seiner Seite nichts hatte „anbrennen lassen", waren doch die vier Gegentore sämtlich durch die Mitte oder über die andere Seite vorbereitet worden.

Ruhm und Ehre, die sich Mai als „begnadeter Fußballer" erworben hatte, hatten ihren Preis. Beim nächsten Betriebsausflug, bei einer etwaigen Neuauflage des Spiels, konnte er sich nicht mehr verstecken, hatte doch Ministerialdirigent Brandl nach dem Spiel, zum Erschrecken unseres Sportfreunds und von dessen abwehrenden, allenthalben als Ausdruck unangebrachter Bescheidenheit gedeuteten Gesten begleitet, erklärt, man hätte dem Mai schon viel früher als erst 15 Minuten vor Schluss den Ball überlassen sollen.

Im Bewusstsein seiner leider unvermeidbaren neuen Verantwortung und in der Gewissheit, im nächsten Jahr eine zentralere Bedeutung im Spiel des höheren Dienstes zugewiesen zu bekommen, begann Mai bereits Monate vor dem nächsten Spiel mit dem Konditionstraining. Jeden Abend, mochte er auch noch so spät nach Hause gekommen sein, lief er. Zunächst 2, dann 5, zuletzt 8 Kilometer, stets mit plötzlichen Tempoveränderungen, einer realen Spielsituation ähnlich, schneller Antritt und Sprint im Wechsel mit ruhigerem Dahintraben.

Am Tag des nächsten Betriebsausflugs, der Minister war immer noch im Amt, weshalb sich die Hoffnung, die Ausflugsgestaltung werde doch noch geändert, weshalb sich diese Hoffnung nicht erfüllt hatte, hatte sich Mai ein nie zuvor erreichtes Konditionsniveau erarbeitet, welches er auch nie wieder erreichen würde. Mai wurde auf die linke Verteidigerposition beordert, drohten doch von dort die gefährlichen Gegenangriffe. Mit seinem quirligen Gegenspieler lieferte er sich ein erstaunlich ausgeglichenes Duell, konnte aber einzelne gegnerische Durchbrüche nicht völlig verhindern. Stets stand er als Anspielstation bereit, erreichte eine Passquote von gefühlten 85 %, lief gefühlte 10 ,5 km (offizielle Messungen waren nicht durchgeführt worden) und lieferte erneut eine Vorlage zum Torerfolg. Der höhere Dienst verlor ehrenvoll knapp mit 3:4 Toren – und konditionell baute der vielbeschäftigte Mai erst ab der 80. Spielminute ab. Kurz gesagt: Mai lieferte seinen bislang besten (und für lange Zeit letzten) Auftritt und musste dennoch erleben, dass seine Leistung als eher mittelmäßig und enttäuschend wahrgenommen wurde. Der vermeintlich ach so „begnadete" Mai war, so hieß es, doch reichlich überschätzt worden.

5. Kapitel

Über Geschichtsklitterung

Noch war das Pfarrfest nicht zu Ende. Heinrich und Heidrun aber waren sich einig. Weitere Gespräche mit anderen Pfarrfestbesuchern würden die Unterhaltung mit Gutspecht nicht toppen können. So sammelten sie (Schwieger)mutter Agathe ein („Wir gehen, sollen wir Dich noch nach Hause fahren?"), machten bei ihr noch kurz Zwischenstation („Nehmt Ihr noch Johannisbeeren mit?") und traten dann den Heimweg an, nicht ohne Agathe zu bitten, auf ein etwa in den Briefkasten geworfenes Manuskript zu achten und sie darüber zu informieren.

Der Gutspecht, sagte Heinrich, der schreibt an etwas richtig Interessantem. Heidrun war freilich für den Augenblick gar nicht an einem theologischen Disput gelegen. Ihr war etwas anderes aufgefallen. Ich dachte, sagte sie, Du hattest gar kein Griechisch. Der Griechischschüler war doch Dein Bruder Ferdinand. Widerspruch hätte dem Gespräch sicher nicht gutgetan, meinte Heinrich.

War der Mai wirklich Dein Schüler? fragte Frau Gutspecht ihren Mann beim Nachhauseweg. Nein, das war sein Bruder, sagte Gutspecht. Hast Du gemerkt, wie gut es dem Mai getan hat, dass ich ihn vermeintlich für meinen Schüler gehalten habe? Im Übrigen wäre er sicher ein guter Griechischschüler gewesen, so wie sein Bruder auch.

Nur selten bedauerte Heinrich, sich nicht für Altgriechisch, sondern für Französisch als dritte Fremdsprache entschieden zu haben. Wie oft wäre ihm Altgriechisch denn von Nutzen gewesen? Natürlich konnte er jetzt Gutspechts Übersetzung nicht beurteilen. Dazu wäre aber sicher keiner von Gutspechts Schülern mehr in der Lage, außer es wäre einer oder eine von ihnen Griechischlehrer geworden. Was konnte denn sein Bruder noch?

Viel stärker als fehlende Griechischkenntnisse schmerzte Heinrich die Geringschätzung, die der von ihm besuchten und geschätzten Schule entgegengebracht wurde, jenem zwar kleinstädtischen, aber doch qualitativ bemerkenswert guten Gymnasium, welches freilich nur nach dem Ortsnamen und nicht nach irgendeinem Prominenten zu identifizieren war.

Heinrich erinnerte sich gut an die mit seiner Ernennung zum Präsidenten verbundene Gewissheit in seiner neuen großstädtischen Community, er werde dann ja wohl sicherlich, wie sein geschätzter Vorgänger, ein Stephaner sein, also das berühmte hiesige Gymnasium St. Stephan besucht haben. Auf seine wahre Herkunft aufmerksam gemacht, beeilten sie sich, die getroffene Personalentscheidung als Ausdruck der Weltoffenheit ihrer Stadt und der inzwischen bestehenden Aufstiegschancen für jedermann zu lobpreisen.

§ 6 Führung findet Fans

Abs. 1 Führung heißt Initiative

Der anfänglich zügige Verkauf war ins Stocken geraten, der Bauträger hatte sich verspekuliert.

Siebzig Reihenhäuser in sieben Reihenhauszeilen mit unterschiedlichen Reihenhaustypen wurden errichtet, obwohl zu Baubeginn nur zehn Häuser verkauft waren. Auch nach Fertigstellung war noch nicht einmal ein Drittel davon veräußert.

Joachim und Elke gehörten zu den ersten, die eingezogen waren, er Wirtschaftsjournalist, sie Rechtsanwältin. Der Entschluss, aus der gewohnten Drei-Zimmer-Mietswohnung im Westen in ein Haus im Osten der Stadt zu ziehen, hatte zu hässlichen häuslichen Diskussionen geführt. Die siebenjährige Tochter Manuela maulte. So sehr sie das Versprechen eines schönen Gartens erfreute, in den auch der Swimmingpool passen würde, den sie sich ausbedungen hatte, so wenig Begeisterung löste der Gedanke an einen Schulwechsel mit neuen Klassenkameradinnen[8] aus. Ganz sicher würden die nicht so nett sein. Und erst ihre besten Freundinnen, mit denen sie auf der Spielstraße vor dem Mietshaus und auf dem nahe gelegenen Abenteuerspielplatz herumgetollt war, die waren durch nichts zu ersetzen.

Die Versprechungen ihrer Eltern hatten sich auch überhaupt nicht erfüllt. Zum Einzugstermin im September war der Sommer vorbei, der Garten eine batzige[9] Dreckwüste, für den Swimmingpool war es eh zu spät im Jahr, die neue Lehrerin elend streng und die Cliquenbildung in der Klasse abgeschlossen, sodass sie nirgends dazu gehörte. Die Umgebung war grauenvoll, die Nachbarhäuser rechts und links standen leer, der vom Bauträger versprochene Abenteuerspielplatz

---

[8] Sollte hier jemand die männliche Form, ein großes I oder ein Sternchen vermissen, so sei dieser Person versichert, dass Manuela wirklich nur die weiblichen Mitschüler im Blick hatte und Buben schlicht doof fand. Anmerkung des Autors
[9] Bayerisch für schlammig, glitschig. Anmerkung des Autors

28

(„ganz in der Nähe, unter Berücksichtigung der neuesten pädagogischen Erkenntnisse") nur zu erahnen, andere Kinder nirgends zu sehen.

Angesichts des ständigen Gejammere ihrer Tochter richteten die Eltern ihr Augenmerk auf die übrigen Neusiedler. Wo ließen sich potentielle Freundinnen für ihre Tochter finden? Komm, wir schauen uns einfach um, sagte Joachim zu Elke. Wir sollten ohnehin wissen, wer denn noch so in der Gegend wohnt. Wir stellen uns vor und gehen auf Antrittsbesuch.

So kam es, dass Joachim, der sich gerne im Sinne rasch hergestellter Verbundenheit nach einem ersten Smalltalken Jochen nennen ließ und dieses Einandernäherkommen jovial mit dem Satz einleitete „Ach, nennt mich einfach Jochen", womit zugleich das gegenseitige Duzen zustande gekommen war, so kam es, dass Joachim, ab jetzt Jochen, und Elke bald sämtliche Neubaubesitzer kannten, einige waren Eigentümer, andere Mieter, dass sie deren Berufe, Vorlieben und Motive für den Einzug erfuhren und Spaß daran fanden, nicht nur nach Spielkameradinnen für ihre Tochter zu suchen, sondern zugleich ihre eigene Neugier zu befriedigen und diese Neugier vor sich selbst damit zu rechtfertigen, dass all diejenigen, die jetzt verstreut und isoliert in diesem neu geschaffenen Gebiet am östlichsten Stadtrand wohnten, sich, eingestanden oder uneingestanden, danach sehnten, Teil einer Siedlergemeinschaft zu werden, zusammengehalten durch Elke und Jochen, die sich zuvörderst um diese neu begründete Gemeinschaft kümmern und deren Interessen gegebenenfalls auch durchsetzen konnten. Ist das nicht ideal, dass wir eine Rechtsanwältin in unseren Reihen haben? dachte sich so mancher.

Rasch konnten einzelne Mädchen im passenden Alter zu Elke und Jochen nach Hause eingeladen werden, damit sie und Manuela sich kennenlernen konnten. War das neu bezogene Haus im Herbst lange Zeit für erwachsene Besucher noch nicht recht vorzeigbar erschienen, Elke und Jochen hatten lieber die anderen aufgesucht, so bot sich die unweigerlich einsetzende Adventszeit in idealer Weise dazu an, die erwachsenen Neusiedler zu einer Einzugsparty einzuladen, Glühwein zu kredenzen und die ersten selbstgebackenen Plätzchen zu präsentieren.

Der Winter verging wie im Flug, vollgestopft mit Einzugspartys, zu denen einzuladen für jeden Neusiedler zur Ehrensache wurde, verbunden mit der Schwierigkeit, in der Art der Bewirtung jeweils etwas Neues bieten zu wollen, was teilweise zur Rekrutierung selbst entfernt Verwandter führte, denen besondere Back- oder Kochkünste nachgesagt wurden und die nun zur Unterstützung herangezogen wurden.

Mit zunehmend länger und heller werdenden Tagen, die Zeit der Dunklenächtewinterpartys war vorbei, nahmen die Siedler allerdings wahr, dass sie noch nicht mehr geworden waren.

Natürlich, wer wollte denn auch mitten im Winter in ein neues Haus einziehen? Auch verkaufstechnisch war ein dunkler Wintertag für eine Hausbesichtigung nicht gerade ideal gewesen. Aber jetzt, mit Beginn des Frühlings müsste sich etwas tun.

Und so achteten viele von ihnen auf Anzeichen für bevorstehende Einzüge. Gab es Besichtigungen? Welchen Eindruck machten die Interessenten? War bisher beim Kauf offensichtlich auf die Erhaltung von Lücken geachtet worden, sodass noch keiner einen unmittelbaren Reihenhausnachbarn hatte, so rückte die Stunde der Wahrheit näher, jene Stunde, in der sich zeigen sollte, wer denn nun Wand an Wand wohnen würde.

Elke und Jochen waren weniger auf derartige Erwartungen oder Befürchtungen fixiert. Die Flaute auf dem Immobilienmarkt im Allgemeinen, durch eine Gesetzesänderung noch verschärft, und hier im Besonderen, war offenkundig. Jetzt galt es, nicht passiv auf die nächsten Einzüge zu warten, sondern das Beste aus der Situation zu machen. Sie, die im ersten Jahr eingezogen waren, waren doch die Vorzeigeobjekte für alle etwaigen Interessenten.

Jochen, dem Ökonomen, war schon längst das noch unbebaute Grundstück gegenüber einer der Reihenhauszeilen aufgefallen. Aus den vielen Gesprächen wusste er um das sportliche Interesse zahlreicher anderer „Erstsiedler". Da ließ sich doch etwas machen. Fröhliche Menschen, die quasi exklusiv Sport betrieben, daran sollte auch der Bauträger als Eigentümer dieses Restgrundstücks ein Interesse haben.

Wenige Wochen später hatten die Sportlichen unter den Erstsiedlern auf dem unbebauten Gelände einen Tennisplatz errichtet, den der Bauträger, so das Resultat der durch Elke juristisch begleiteten Verhandlungen, vorerst zu dulden bereit war. Wann immer möglich ging es hinaus auf den Tennisplatz, an dem selbst Gisela, die „der Metropole" nachtrauernde Gattin eines an die örtliche Universität berufenen Professors für Zellbiologie, einen gewissen Gefallen fand.

30

Es ist ja kein richtiger Tennisplatz, und unseren heimischen Tennisclub kann das selbstredend nicht ersetzen. Aber bis Du Deinen Ruf an eine Exzellenzuni bekommst, für die kurze Zeit, in der wir hier zur Miete wohnen, lohnt es sich ja nicht, einem hiesigen Club beizutreten, beliebte Gisela des Öfteren zu ihrem Mann Hannes zu sagen, der nahezu stets, genervt von den Erwartungen seiner Frau an seine weitere Karriere „Ja, ja, Schatz" erwiderte, eine Antwort, die in ihrer stereotypen Eintönigkeit Gisela nur deshalb nicht auffiel, weil sie seine Antworten ohnedies nicht zur Kenntnis nahm.

Abs. 2   Führung heißt Entscheiden

Mit der Zeit entfaltete das Tennisspiel freilich eine gewisse spalterische Wirkung unter den Siedlerpionieren. Frönten die einen ihrem Sport, so vermissten die anderen, die weniger sportlichen, zunehmend die früheren Festivitäten. Der eigene Garten war angelegt, das zweite Jahr hatte bislang lediglich einen weiteren Einzug erbracht, das Paar hatte sich bei einigen wenigen aus ihrer allernächsten Umgebung kurz vorgestellt. Ansonsten waren die beiden kaum zu sehen und auch nicht auf den Gedanken gekommen, zu einer Sommerparty einzuladen. In Erinnerung war Hannes nur geblieben, dass sie schwanger war und er irgendwie bei Gericht arbeitete. Ich hätte mehr aus denen rausgeholt, meinte Gisela. Du wirst recht maulfaul gewesen sein, schalt sie ihren Mann. Selbstredend war Gisela beim Tennis gewesen, als die beiden gekommen waren, er mitten in der Konzeption seiner überfälligen Antrittsvorlesung. „Meine Zellen, mein Gefängnis", so wollte er, bewusst salopp und reißerisch formuliert, seinen Auftritt ankündigen und sich dadurch ein volles Haus sichern. Mitten in einer „kreativen Schreibphase" hatten ihn die beiden gestört. Da war ihm nicht nach „langer Plauderei" zumute gewesen. „Kaum zugehört" hatte er, um nur ja nicht zu vergessen, was ihm gerade durch den Kopf gegangen war an „exzellenten Formulierungen", wie er sich, leicht selbstironisch, gegenüber Gisela ausdrückte.

Es muss etwas geschehen. Mit diesem Begehren wandten sich Frieda und Norbert an Elke und Jochen. Sie forderten „mal wieder" ein Fest „für alle, so wie früher." Sie haben recht, es sollte tatsächlich etwas geschehen, erklärte Elke ihrem Mann beim Zubettgehen. Es wird etwas geschehen,[10] versicherte Jochen. Feiern und Tennis schlössen sich ja nicht aus. Man könne ohne weiteres eine Festivität mit einem Tennisturnier verbinden. „Was für eine Performance am Ende des Tages" hätte er gesagt, wenn sich das Geschehen 2021 abgespielt hätte.[11] So aber waren sie mitten in den Achtziger Jahren und eine derartige Phrase war noch gar nicht en vogue.

Es folgten die Einladungen zum Tennisturnier und zum parallel stattfindenden „1. Siedlerfest zur Hohen Zollschranke" mit Hinweisen zur Bewirtung, zum Auftritt eines Zauberers im nachmittäglichen Kinderprogramm und der Bitte um Kuchenspenden. Der Tag werde mit der Ehrung der Turniersieger ausklingen, die Teilnehmer freuten sich auch tagsüber über reges Zuschauerinteresse, hieß es. Die Turnierleitung (Helene und Otto) erwarte zahlreiche Anmeldungen im „gemischten Doppelpack". Man wolle ein spannendes Mixed-Turnier veranstalten.

Am Turniertagmorgen. Manche Miene erstarrte. Damit hatten sie nicht gerechnet. Nach all dem gemeinsamen Trainieren! Helene und Otto beteuerten, sie hätten es doch nur gut gemeint. In der Einladung sei nirgends davon die Rede gewesen, dass wer sich zusammen anmelde auch zusammenspiele. Gerade die Zulosung des Turnierpartners stärke das Gemeinschaftsgefühl. Da konnte keiner widersprechen, und das Turnier nahm seinen Lauf.

Es blieben indes bohrende Zweifel an der Redlichkeit der Turnierleitung. War nicht schon beim Training immer wieder deutlich geworden, dass Hermann, ein wahrlich guter Spieler, mit seiner Partnerin Irene keine Chance gehabt hätte und ihm das Zulosungsverfahren mit der recht agilen Andrea andere Möglichkeiten eröffnete?

---

[10] Sie haben es sicher bemerkt. Diese Siedler haben in ihrer Schulzeit noch Heinrich Böll gelesen, vgl. die Kurzgeschichte „Es wird etwas geschehen". Anmerkung des Autors

[11] Die Autorenschaft versucht hier offensichtlich mit angelesenen Kenntnissen aus einem Zeitungsartikel zu glänzen, vgl. Munsberg, Heute schon „gepicht?", Süddeutsche Zeitung vom 30./31.1.2021, S. 21, dort mit einer Graphik zum Vorkommen von Modewörtern und Phrasen in deutschen Unternehmen zwischen 1990 und 2018 unter Bezug auf das Leibniz—Institut für deutsche Sprache. Daraus einen Vergleich zwischen Mitte der Achtziger Jahre und 2021 herzuleiten, erschien uns als Ausdruck dichterischer Freiheit zulässig. Die Herausgeber*innen

Uns dagegen, sagte sich Elke, Jochen und mich, ein eingespieltes Team, haben sie getrennt und um unsere Favoritenstellung gebracht. Wie parteiisch Helene und Otto waren. Niemals hätte man denen die Turnierleitung anvertrauen dürfen. Hatte Helene nicht schon im Auftaktspiel mit einigen Fehlentscheidungen den Hermann bevorzugt? Stand die auf den? Mit Klaus hatte Elke aus dem ursprünglichen Team Andrea/Klaus zwar den etwas behäbigeren Partner. Gleichwohl hätte sich dessen brauchbare Durchschnittlichkeit durch ihr überragendes Spiel ausgleichen lassen können, wenn, ja wenn nicht Helene als Schiedsrichterin alles vermasselt hätte. Sämtliche Proteste nutzten nichts, Elke und Klaus schieden aus, was Klaus aber nicht weiter schmerzte, war doch seine Andrea weitergekommen.

Immerhin: Jochen blieb im Turnier. Mit Gisela zusammen war er auch durch krasse Fehlentscheidungen (Otto war als Schiedsrichter auch nicht besser) nicht aufzuhalten gewesen. Immer wieder hatte Elke als Fürsprecherin für ihren Jochen protestieren müssen. Am Ende stand wenigstens Jochen im Finale.

Vor diesem alles entscheidenden Finale aber platzte die Bombe. Helene und Otto verweigerten sich ihrer Schiedsrichterrolle. Wir haben die Schnauze voll, erklärten sie. Streitet Euch ruhig weiter, aber nicht auf unserem Rücken. Da war guter Rat teuer. Die Tennisgemeinschaft war heillos zerstritten, in zwei Lager gespalten. Wo sollten jetzt neutrale Schiedsrichter herkommen? Norbert oder Frieda? Brav, bieder, keine Durchsetzungskraft und mit dem Grillen ausgelastet!

Am unaufgeregtesten waren Hannes und Klaus. Sie gönnten ihren Frauen jeweils den Sieg, hielten von Streit aber rein gar nichts. Der vom Gericht, sagte Hannes zu Klaus. Der, der sich bei mir vorgestellt hat. Da drüben sitzt er im Garagenhof, der mit der Schwarzwälder Kirschtorte neben seiner schwangeren Frau. Eben erst zugezogen, kennt keinen von uns. Warum schlagen wir den nicht als Schiedsrichter vor? Eine halbe Stunde später begann das Finale, gerade rechtzeitig, um noch bei ausreichendem Tageslicht über die Bühne gebracht zu werden. Der junge Mann, März heißt er, glaube ich, sagte Hannes, „irgendein Monat", war auf ihr inständiges Bitten bereit gewesen. Die Regeln kannte er vom Fernsehen. Dem Hinweis, er wolle doch sicher auch nicht, dass das Turnier im Streit ende, alle hätten volles Vertrauen in ihn, diesem Hinweis hatte er sich nicht entziehen können.

Souveräne Leistung, hieß es anschließend von allen Seiten. Geradezu gefeiert wurde der Schiedsrichter. Ja, wenn wir einen wie Sie von Anfang an gehabt hätten, sagte Elke. Jochen und Gisela, die neben ihr standen, pflichteten bei. Zu Recht hatten ihre Gegner gewonnen, ganz ohne Manipulation. Mit welch sicherem Auge Sie die kniffligsten Entscheidungen getroffen haben. Gisela lächelte den Richter mit seiner beeindruckenden Haarpracht an. Das akzeptiert man dann auch, selbst wenn man verliert. Besser sind die Schiedsrichter bei den wirklich großen Turnieren auch nicht. Bei solch souveränen Schiedsrichtern weiß man sofort, dass Proteste sinnlos sind, meinte Hermann, nicht ohne dabei Elke anzublicken, die, jetzt wieder auf Versöhnungskurs, ihm anerkennend in die Augen sah. Wir Rechtsanwälte kämpfen für das Recht, bloßer Krawall um des Krawalls willen ist uns völlig fremd, sagte sie, und es blieb offen, ob sie das ernst gemeint hatte.

Der junge Richter war mit sich zufrieden. Oben auf dem Hochsitz war ihm mulmiger zumute gewesen, hatte er doch in der heraufziehenden Dämmerung immer wieder nicht erkennen können, ob der Ball im Aus gewesen war, und sich selbst gezwungen, mit klarer, fester, überzeugter Stimme sofort darüber zu befinden, um nur ja keinen Zweifel entstehen und neuen Streit aufkommen zu lassen. Nichts war hier wichtiger als unerschrockenes Entscheiden, das von vornherein keinen Widerspruch duldete. Der junge Richter nahm sich vor, diese Schiedsrichtererkenntnis aus dem Amateurbereich nur ja nicht auf seine professionelle richterliche Tätigkeit zu übertragen, sondern weiterhin zu versuchen, Wahrheit und Gerechtigkeit zu finden.

6. Kapitel

Über weitere Übersetzungsfehler

Knapp 40 Zuschauer, darunter eine Schulklasse. Genügend Platz. Heinrich saß am Rand, nahe bei der Tür, um unauffällig gehen zu können. Ausreichend Abstand zu den anderen. Das Schöffengericht ließ auf sich warten.

Was war los? Der noch relativ junge, aber ambitionierte Vorsitzende sollte doch wissen, dass es nicht gut ankam, wenn sich das Gericht zu sehr verspätete. Fünf

34

Minuten, ja, kein Problem. Das erzeugte eine gewisse Spannung, erhöhte die Aufmerksamkeit. War nicht gar ein ehemaliger Ministerpräsident notorisch zu spät gekommen? Aber jetzt schon, Heinrich blickte auf seine Uhr, eine halbe Stunde?

Längst war durch Umfragen geklärt, dass Zeugen, zunächst meist motiviert, richtig und umfassend auszusagen, nach längerem Warten immer ungeduldiger wurden. Anfängliche Gelassenheit verwandelte sich in Ärger und Zorn. Am Ende wollten die Zeugen ihren Auftritt nur noch hinter sich bringen („Nichts wie weg hier"). Schon hörte Heinrich sie wispern. Zunächst noch ein seufzendes „Jetzt könnt' s aber mal losgehen", dann ein „Ich habe meine Zeit auch nicht gestohlen", schließlich wütende Debatten. „Allerhand. Was glauben die denn, wer sie sind?", flüsterte eine korpulente, mit einer großen, hoffentlich ordentlich kontrollierten, roten Handtasche bewaffnete ältere Dame um die Siebzig, die bereits geraume Zeit ihr Gewicht immer wieder nach vorne verlagert hatte, um es anschließend wieder zurück in die Stuhllehne zurückfallen zu lassen.

Sofort griff der junge Mann neben ihr, graue Jogginghose, knallig grünes T-Shirt, die Äußerung auf, er schon lauter werdend. „So geht man mit der arbeitenden Bevölkerung um, die alles bezahlen muss." Jetzt wurde auch der Herr in der Reihe davor munter. Er stand auf, um sich Gehör zu verschaffen. Ein Anzugträger mit Einstecktuch, vielleicht ein Banker? Er hob den Zeigefinger. „Und am Eingang hängt das Schild, die Justiz sei für die Menschen da. Das klingt für mich wie Hohn. Es ist doch eher umgekehrt. Die Menschen sind anscheinend für die Justiz da." Kein Banker, dachte Heinrich. Wahrscheinlich ein pensionierter Lehrer, einer von den Achtundsechzigern, etabliert, aber mit einem Rest rebellischer Gesinnung.

Immerhin hatte Heinrich genügend Zeit gehabt sich umzusehen. Heinrich kam nie zu spät Er war auf Tour, im Augenblick zweimal die Woche in einer Gerichtsverhandlung. Jeweils bei einem anderen Richter. Stets nutzte er die Gelegenheit, nicht nur den Richter zu erleben, sondern einen umfassenderen Eindruck zu gewinnen.

Auf Vieles war zu achten. Wann wurde der Gerichtssaal geöffnet? Wie diszipliniert wartete die, manchmal auch männliche, Protokollführerin? Machte sie den, immer häufiger weiblichen, Richter dezent, sei es durch einen kurzen Anruf, sei es durch einen Blick in das neben dem Sitzungssaal gelegene, durch eine Verbindungstür unmittelbar zugängliche Besprechungszimmer, darauf aufmerksam, dass die Sitzung beginnen könne?

Die Tür zum Besprechungsraum öffnete sich, das Schöffengericht trat ein. Bitte nehmen Sie Platz, sagte der Vorsitzende. Der von uns bestellte Dolmetscher fällt krankheitsbedingt aus. Es ist uns aber mit Hilfe der hiesigen Polizeistation gelungen, einen Ersatz zu finden, der dort schon öfter gute Dienste geleistet hat. Der Vorsitzende bat einen glatt rasierten, schlanken, mit einer löchrigen Jeans bekleideten jüngeren Mann nach vorne, der nach dem Bekunden einer vor Heinrich sitzenden Schülerin „megageil" wirkte, trug er doch nicht irgendeine alte Jeans mit Gebrauchsspuren, sondern, wie die Schülerin ihrer Nachbarin zuflüsterte, eine „sündteure", speziell mittels einer „super Methode" gelöcherte Jeans einer Marke, deren Namen auch Heinrich schon gehört hatte. Der junge Mann, den Heinrich bis dahin nicht bemerkt hatte und der demzufolge den Sitzungssaal erst eben betreten haben musste, nahm neben dem Angeklagten, einem Asylbewerber, hochgewachsen, bärtig, kräftig, Platz.

Die Staatsanwältin, zierlich, jung, sie hätte Heinrichs Tochter sein können, plädierte. Sie war eloquent, engagiert, leicht gerötete Wangen, ersichtlich um einen ausgewogenen Antrag mit sich ringend. Keine blindwütige Hardlinerin, später sicher auch eine gute Richterin. Die sollte man sich ans Gericht holen. Heinrich, in Gedanken abschweifend, konzentrierte sich wieder aufs Plädoyer.

Die Staatsanwältin schilderte die körperliche Auseinandersetzung mitten auf der Straße. Etliche Passanten, die das Gericht heute als Zeugen gehört habe, hätten das Geschehen als sehr beängstigend empfunden. Ohne das beherzte Eingreifen eines Joggers hätte der Angeklagte seinen Kollegen aus der Flüchtlingsunterkunft sicher „grün und blau" geschlagen. Auch so habe das Opfer noch lang unter Schmerzen gelitten. Mehrere verlorene Zähne seien auch keine Kleinigkeit.

Die zunächst gestreng argumentierende Staatsanwältin wechselte die Tonart, ihre Stimme wurde weicher. Vor dem kulturellen Hintergrund des Angeklagten müsse man aber berücksichtigen, dass er vom Opfer provoziert und in dem, was er für seine Sexualehre halte, verletzt worden sei. Homosexualität sei im Herkunftsland des Angeklagten ein Tabu. Selbstverständlich müsse der Angeklagte lernen, sich an die hiesigen Regeln zu halten. Der Angeklagte sei aber auf einem guten Weg und einsichtig. Man könne es bei einer zur Bewährung ausgesetzten Freiheitsstrafe belassen.

Da bin ich jetzt auf den Verteidiger gespannt – und dann auf das Gericht, dachte Heinrich, wurde aber jäh aus seinen Gedanken aufgeschreckt, sprang doch der Angeklagte wie von der Tarantel gestochen in die Höhe und brüllte einige unverständliche Sätze in den Saal. Im selben Augenblick rief einer aus dem Zuschauerraum mit zornbebender Stimme „Der Dolmetscher übersetzt falsch!"

Jetzt ging alles ganz schnell. Der Rufer, zunächst mit einem Ordnungsgeld und Entfernung aus dem Sitzungssaal bedroht, entpuppte sich als Spiegelredakteur, der Sprache des Heimatlandes des Angeklagten bestens mächtig. Gerade schreibe er einen Bericht über den Umgang der Justiz mit asylsuchenden Angeklagten, erklärte er. Der Dolmetscher habe soeben die Ausführungen der Staatsanwältin zum sexuellen Kontext der Tat und zur Frage einer zur Bewährung ausgesetzten Freiheitsstrafe unter anderem wie folgt übersetzt: „Steckt die schwule Katze in den Koffer!" Koffer, so der Redakteur, sei im dortigen Sprachgebrauch ein abfälliges Wort für Gefängnis.

An die Heimfahrt mit dem Dienstwagen hatte Heinrich keine Erinnerung. Offenbar war er völlig erschöpft ins Bett gesunken und stand jetzt, seinen verschwitzten Schlafanzug zur Kenntnis nehmend, im Badezimmer, um sich zu rasieren. Er dachte an das Programm des heutigen Tages. Ich muss unbedingt den Polizeipräsidenten anrufen. Wir müssen unsere Dolmetscher besser überprüfen. Außerdem muss ich den Chefpräsidenten unterrichten. Die Pressestelle muss Bescheid wissen. Dem Spiegelredakteur muss die Panne erklärt werden. Er erschrak. Warum hatte er gestern nichts mehr unternommen? Heinrich ging unter die Dusche. Derart verschwitzt wollte er nicht zum Frühstück erscheinen.

Heidrun hatte schon den Tisch gedeckt. Sein Tee und ihr Kaffee, hausgemachte Marmelade, Honig von den Bienen, die in Nachbars Garten stationiert waren sowie Heidruns Butternudeln. Alles stand bereit. Heinrich seufzte. Was sagst Du eigentlich zu diesem schrecklichen Übersetzungsfehler? Gestern, am Amtsgericht, präzisierte er, als er ihren verständnislosen Blick sah. Quasi im Spiegel der Öffentlichkeit! Du warst doch gestern gar nicht am Amtsgericht. Ganz entspannt bist Du nach Hause gekommen, war ihre Antwort.

Ja gewiss. Er war nicht außerhalb gewesen. Ich muss ganz intensiv geträumt haben, sagte er und berichtete von der schwulen Katze im Koffer. Du bist überarbeitet, sagte Heidrun. Nimm die Anzeichen ernst, ich bitte Dich. Dann aber lachte sie. Die schwule Katze im Koffer? Wohin aber mit dem lesbischen Kater? Der und die schwule Katze könnten doch eine Gender-WG gründen. Auf Bewährung! Heinrich aber verharrte ehrfürchtig in Bewunderung für seine Frau und ihren Humor.

§ 7 Es gilt das Gesetz

Was bleibt von den zahlreichen Amtswechseln, mit denen ich zu tun hatte? Erinnere ich mich aus eigenem Erleben, berichte ich vom Hörensagen oder stelle ich mir nur etwas vor? Bin ich einer der drei Präsidenten, die von der Bundeswehr eingeladen waren? Eigentlich gab es vier Präsidenten der verschiedenen Gerichtsbarkeiten im Einzugsbereich, aber einen hatten sie vergessen.

Es war kalt in der Halle. In der Einladung war um pünktliches Erscheinen gebeten worden. Spätestens zehn Minuten vor Beginn mussten die Plätze eingenommen sein. Sie waren rechtzeitig losgefahren. Genügend Puffer.

Die letzten 5 km bis zum Ziel waren speziell ausgeschildert. An jeder zweiten Abzweigung standen Soldaten, die freundlich grüßten, kontrollierten und zusätzlich den weiteren Weg zum Parkplatz wiesen. Manche kannten den Fahrer, was sie nicht hinderte, vorschriftsgemäß die Fahrzeuginsassen und deren Zugangsberechtigung zu überprüfen. Eine vorbildliche Disziplin, hier ist Sicherheit die oberste Maxime, sagte der eine Gerichtspräsident zum anderen. Der derart Angesprochene schwieg, weil er die Bemerkung als Kritik am Wachtmeisterdienst deutete, für den er die Verantwortung trug, zu dem er sich aber jetzt auf keine Diskussion einlassen wollte. Früher machten die Uniformen noch mehr her, seufzte der Dritte, in seiner Freizeit Spezialist für Zinnsoldaten und deren historisch korrekte Darstellung. Von ihm erwarteten die anderen beiden stets entsprechend historische Einordnungen, so dachte er jedenfalls. Konnte er sich dessen gewiss sein oder fragten sie manchmal nur aus Höflichkeit nach, weil sie um seine Begeisterung für das Thema wussten? Sie hatten sich, ressourcenschonend, zusammengetan, dafür aber dem ebenfalls eingeladenen Leitenden Oberstaatsanwalt die Mitfahrgelegenheit verweigern müssen.

Am Parkplatz von einer Ordonanz, hießen die so? zumindest einer der Präsidenten, er hatte nicht „gedient", war sich nicht sicher, unterließ es aber, die anderen zu fragen, um sich nicht mit einer derart simplen Frage zu blamieren, am Parkplatz also wurden sie in Empfang genommen, bis zum Halleneingang begleitet, dort von einem anderen Soldaten übernommen und zu ihren Plätzen geleitet, auf denen der aktuelle Programmablauf samt Gästeliste auslag.

38

Die Justiz war in der dritten Reihe am Rande platziert, die eingeladenen Präsidenten neben einander. Hier ergab sich, wie sich noch zeigen sollte, der höchste Unterhaltungswert. Der Ablaufplan enthielt exakte Anweisungen. Zur Nationalhymne aufstehen, hieß es. Der Text der dritten Strophe des Deutschlandliedes war abgedruckt, wohl um nur ja zu vermeiden, dass einer „glüh' im Kranze" statt „blüh' im Glanze" singen würde. Die trauen uns Zivilisten nicht mal den Text zu, flüsterte der eine Präsident den anderen gerade noch zu, bevor das Schicksal, das eigentlich gar nicht „das Schicksal" war, aber sei's drum, lassen wir diesen Begriff so stehen, wir wollen ja die Dramatik steigern, bevor also das Schicksal seinen Lauf nahm.

Die Mannschaften zogen unter den Klängen der Militärmusikkapelle in die schmucklose Halle ein und nahmen in gehörigem Abstand gegenüber den Reihen der Gäste aus Politik, Verwaltung, Justiz und Militär Aufstellung. Sie standen stramm, Auge in Auge mit dem Vize-Commodore, der ihnen zugewandt, die Festgäste schräg hinter ihm und dem Rednerpult platziert, die Begrüßungsworte sprach.

Der Vize-Commodore hatte die Begrüßung zum „heutigen Stabswechsel" hinter sich gebracht, zog seine Handschuhe wieder an und legte sein Redemanuskript, wie sich von den Plätzen der Gerichtspräsidenten hervorragend beobachten ließ, zuoberst auf die untere Ablagefläche des Rednerpults, eine Vorgehensweise, die dem nächsten Redner, dem scheidenden Commodore, beinahe zum Verhängnis geworden wäre, griff dieser sich doch, nachdem er seine Handschuhe abgelegt hatte, als nächster Redner exakt dieses Manuskript, wie die Gerichtspräsidenten, da sind sich alle drei einig, anders als die Mannschaften und die meisten der übrigen Gäste beobachten konnten. Kurz bevor ihm das erste Wort seiner Abschiedsrede über die Lippen gekommen war, bemerkte der scheidende Commodore seinen Irrtum, ergriff das Manuskript seines Vize-Commodere wieder, legte es nunmehr zuunterst im Manuskriptstapel ab, nahm anschließend das nunmehr zuoberst liegende Manuskript, mit einem raschen Blick überprüfend, dass dieses das seine war, legte es auf die obere Ablagefläche des Pults und begann zu sprechen. Zwei der drei Gerichtspräsidenten behaupten kontinuierlich, wann immer sie über das Geschehene berichten, sie hätten an dieser Stelle aufgeatmet. Der dritte von ihnen hat in bierseliger Runde dagegen eingeräumt, es wäre für ihn noch interessanter gewesen, wenn der Irrtum etwas später entdeckt worden wäre.

Der Stabswechsel war vollzogen. Der bislang lediglich designierte neue Commodore hatte die oberste Befehlsgewalt übertragen erhalten. Gemessenen, zugleich entschlossenen Schrittes trat er zum Rednerpult, entledigte sich zügig, aber nicht zu hastig, seiner Handschuhe, ergriff das auf der unteren Ablagefläche oben aufliegende Manuskript, das richtige, wie die Gerichtspräsidenten wussten, hatten sie doch interessiert beobachtet, dass der scheidende Commodore sein Manuskript ganz unten im Stapel abgelegt hatte. Schon lag der Redetext auf der oberen Pultfläche, der Commodore räusperte sich, um zu beginnen, da gab der Vize-Commodore, an den für die Dauer der Zeremonie die Befehlsgewalt übertragen war, das Zeichen. Es erklang die Nationalhymne. Die Festgäste erhoben sich und sangen. Der Commodore zog, hastig, aber doch bemüht, die Würde zu bewahren, seine Handschuhe wieder an und lief, außerordentlich entschlossenen Schrittes, zum Vize-Commodore, um neben diesem, dem vorgegebenen Protokoll entsprechend, mit der nötigen Inbrunst und angemessener Ergriffenheit die Nationalhymne mitzusingen.

Danach ging alles schnell. Die Kapelle zog aus der Halle, die Mannschaften traten ab. Programmablauf war Programmablauf. Nach der Nationalhymne konnte keine Antrittsrede mehr gehalten werden, wie den Gerichtspräsidenten erklärt worden war, von denen zwei in ihrer Naivität den Vorsitzenden des Wehrdisziplinargerichts gefragt hatten, warum der Commodore seine Rede nicht nach der Hymne habe nachholen können. Das hätte ich Euch auch erklären können, bemerkte der militärhistorisch gebildete Präsident, als ihm die beiden von ihrer Erkenntnis berichteten.

Die Festgäste begaben sich vor die Halle und warteten in klirrender Kälte eine halbe Stunde lang auf den nächsten Programmpunkt, den Überflug des Jagdgeschwaders, jene halbe Stunde, die sie ansonsten der Antrittsrede des Commodore gelauscht hätten.

Anschließender Empfang im Offizierscasino. Den Gerichtspräsidenten war, ebenso wie dem Leitenden Oberstaatsanwalt, der von anderen Organisationen zu Unrecht einladungstechnisch häufig vernachlässigt wurde, die Ehre zuteilgeworden, auch daran teilnehmen zu dürfen.

Stehtische und Buffet waren aufgebaut. Gäste und Offiziere platzierten sich zwanglos, der Vize-Commodore war nirgends mehr zu sehen. In der Mitte des Raumes stand das Rednerpult. Erneut waren kurze Ansprachen vorgesehen, danach die Eröffnung des Buffets. Das werden die Kinder des Commodore sein, machte der Leitende Oberstaatsanwalt die Präsidenten auf ein etwa siebenjähriges Mädchen im Dirndl und einen vielleicht vierjährigen Buben im grauen Knabenanzug mit roter Fliege aufmerksam. Der Junge hat Hunger, meinte der eine der Präsidenten. Ja, er schielt schon die ganze Zeit auf die Brezen, erwiderte der Zweite. Bevor das Buffet nicht eröffnet ist, kriegt niemand etwas, auch kein ungeduldiger Sohn des Commodore, erklärte der Dritte. Militärhistorisch ist es schon fast ein Bruch mit der Tradition, dass hier Kinder im Raum sind.

Der Personalratsvorsitzende übernahm die Begrüßung. Er freue sich, dass auch die Familie des neuen Commodore mit anwesend sei, erklärte er und hieß Frau, Tochter und Sohn herzlich willkommen. Nun aber, fuhr er fort, nun aber übergebe er das Wort an den neuen Befehlshaber, damit dieser, bevor man zwanglos zusammen feiern könne, noch einige wenige Worte sagen könne.

Der neue Commodore versicherte, er habe sich ursprünglich in der Tat kurzfassen wollen, habe sich aber angesichts der Ereignisse bei den Militärjuristen vergewissert, dass seine für „vorhin" vorgesehene Ansprache jetzt gehalten werden könne. Juristisch gesehen liege eine „Zäsur" vor. Das „Nach der Hymne keine Reden mehr"- Gesetz greife nicht mehr. Die Rede sei auch noch nicht „verbraucht". Das Verständnis dafür, dass sich daher die Buffeteröffnung noch ein wenig verzögere, setze er voraus.

Einer der Präsidenten und der Leitende Oberstaatsanwalt berichten übereinstimmend, sie hätten bei diesen Worten in das Gesicht der Ehefrau des Commodore geblickt. Ihrem Eindruck zufolge wirkte sie erschrocken. Ihr Sohn wurde immer hungriger und ungeduldiger und begann, die Mutter zum Buffet zerren zu wollen. Der hält keine halbe Stunde mehr ruhig durch, war zu befürchten.

Da verließ die Ehefrau und Mutter mit ihren Kindern die Veranstaltung, unter den Augen der versammelten Justiz, auch die beiden anderen Präsidenten waren inzwischen auf das Geschehen aufmerksam geworden Rechtlich ist das zulässig, meinte der dritte Präsident. Vom aufgebauten Buffet kann sie für ihre Kinder nichts holen, aber vom Nachschub in der Küche. Der ist nicht tabu, weil er nicht Teil des uneröffneten Buffets ist. Der Koch kann dem Jungen etwas geben, nicht aber die Ordonanz am Buffet. Der Leitende Oberstaatsanwalt und die beiden anderen Gerichtspräsidenten sahen sich skeptisch an. Meinte der Kollege das ernst, oder war es einer seiner Späße? Als die Familie des Commodore nach ca.

25 Minuten zurückkehrte, konnte jedenfalls keiner ausschließen, dass sie zum nächsten Bäcker, 5 km entfernt, gefahren war. Immerhin hinterließen Mutter und Kinder einen überaus zufriedenen Eindruck.

7. Kapitel

Über geschicktes Verhalten auf Empfängen

Zwei Stunden des üblichen Programmablaufs hatten sie hinter sich. Musikstück, Begrüßung, Musikstück, Festansprache des Staatsministers, Musikstück, (fakultativ) Grußworte der örtlichen Politprominenz, anschließend nochmals Musikstück, Abschiedsworte des scheidenden Präsidenten (zuletzt waren nur Männer in den Ruhestand verabschiedet worden), Musikstück, Antrittsrede der neuen Präsidentin, in der Tat neuerdings häufiger weiblich, Musikstück.

Heinrich hatte Glück. Ein wenig war es das Glück des Tüchtigen. Erfahrung zahlte sich aus. Wie stets bei solchen Veranstaltungen hatte der dortige Vizepräsident nochmals der Musik gedankt, ein letztes Musikstück angekündigt und das Buffet anschließend für eröffnet erklärt. Im Idealfall fand man jetzt Platz an einem der Stehtische, konnte sich die attraktivsten der angebotenen Speisen sichern, zeitgleich ein Glas Wein ergattern und angenehme Gesprächspartner um sich scharen.

Nicht selten aber ging nichts zusammen. In der einen Hand ein Teller mit allerlei Köstlichkeiten, in der anderen ein Weinglas, Messer und Gabel, aber kein Platz an einem Stehtisch. Konnte er jetzt wenigstens das Weinglas irgendwo abstellen? Wozu eigentlich Messer und Gabel? Den Teller in der einen Hand, jetzt Konzentration auf die fingerfoodfähigen Teile der aufgeladenen Speisen! Oder zwar ein Stehtischplatz, letztlich aber allein gelassen. Da hatte er sich noch irgendwo dazwischengedrängt, kannte aber niemanden aus dieser Tischgesellschaft. Die plauderten über die Geschäftsverteilung ihres Gerichts, ohne dass Heinrich irgendeinen Nutzen aus dem Gesprächsthema ziehen oder auch nur irgendetwas zum Gespräch beitragen konnte.

42

Aus leidvoller Erfahrung hatte er sich angewöhnt, zuvor das Terrain zu erkunden. Rechtzeitig vor Beginn der Veranstaltung anreisen, unauffällig den Raum für das anschließende Beisammensein besichtigen und (ideal!) ein kurzer Plausch mit dem Cateringpersonal. Auf dieser Grundlage ließ sich die zielführendste Strategie entwickeln. Das Wissen etwa, zusätzlich zur Ausgabe am Buffet bringe das Cateringpersonal Speis und Trank an die Stehtische, ersparte jedes überflüssige eigene Anstehen und lenkte den Blick sofort auf die Sicherung eines guten Stehtischplatzes. Auch die Auswahl späterer Stehtischnachbarn konnte vorbereitet werden. Wer saß während der Festveranstaltung wo? Wen konnte man schon beim Hinausgehen aus dem Festsaal während des Hinübergehens zu den Stehtischen in ein Gespräch verwickeln, welches sich zwanglos am Tisch fortführen ließ?

Was bin ich froh, dass die Beurteilungsrunde im Augenblick mit den letzten Nachzüglern zu Ende geht. Die Kollegin, eine als sehr angenehm eingeschätzte Gesprächspartnerin, seufzte. Da haben die uns wieder etwas reingewürgt. Nahezu jeden Richter beurteilen, egal wie alt und wie sehr noch karriereinteressiert. Was hat uns das gebracht, außer Mehrarbeit und Ärger? Das haben uns doch wieder nur weltfremde Ministerialbeamte eingebrockt.

Heinrich schluckte. Er selbst war als Vertreter der Gerichtspräsidenten in der Kommission gewesen, die dem Staatsministerium den Vorschlag unterbreitet hatte, mehr Richter regelmäßig zu beurteilen. Er hatte den Vorschlag mit entwickelt und unterstützt, obwohl das ein Mehr an Arbeit bedeutete.

Na ja, erwiderte Heinrich. Ich war ja selbst auch in der Kommission, gab er zu. Ich verstehe den Ärger. Aber es gab schon auch gute Gründe. Alle gleichzeitig zu beurteilen, erhöht einfach die Vergleichbarkeit. Du weißt doch selbst. Manche waren 10 Jahre lang nicht beurteilt und kamen dann plötzlich auf den Gedanken, sich geradezu überfallartig für ein höherrangiges Gericht zu bewerben. Und dann sollte man plötzlich akribisch beschreiben, was die die letzten 10 Jahre geleistet hatten. Aber gewiss hat man den Aufwand unterschätzt, räumte er ein, Streit mit seiner Kollegin Doris vermeiden wollend.

Gott sei Dank ist es meine letzte Beurteilungsrunde. Doris beharrte nicht mehr auf der Debatte um die aus ihrer Sicht offensichtlich missglückte Reform. In zwei Jahren bin ich im Ruhestand. Musst Du eigentlich noch mal ran? Auf diese Frage schluckte Heinrich erneut. Er sah seinen Ruhestand eigentlich in weiter Ferne. Auf jeden Fall dürfe er „noch mal ran" Obwohl, fiel ihm auf, die ersten

Beurteilungen der nächsten Beurteilungsrunde auszuhändigen, das wäre eine seiner allerletzten Handlungen als Präsident.

§ 8 Hund ist (nicht) Hund

Sie waren hinter ihm her. Drei schwarze Hunde mit weißen Abzeichen, waren es Schäferhunde? Im dichten Nebel war es nicht sicher zu erkennen. Plötzlich waren sie aufgetaucht. Zunächst schienen sie weit weg zu sein. Wohin sie liefen? Unklar. Waren sie angeleint, wo war der Tierhalter? Jetzt kamen sie auf ihn zu, unkontrolliert. Er wandte den Blick ab und begann zu laufen.

Er stolperte, fiel in weichen, tiefen Schnee. Ihm stockte der Atem. Gleich erreichen sie mich, dachte er. Warum pfiff die keiner zurück? Waren das wirklich deutsche Schäferhunde? Mit weißen Streifen? Hatte ihm nicht neulich im Gerichtssaal ein Anwalt erklärt, dass die Farbe Weiß aus dem Rassestandard des Deutschen Schäferhundes ausgeschieden war, weshalb auch jedem Vereinsmitglied verboten sei, diese Farbe „hineinzuzüchten. " Wo blieben denn jetzt die Hunde? Lag er wirklich im Schnee? Oder doch eher im Bett? Träumte er? Heinrich veränderte seine Position und drehte sich von der linken auf die rechte Seite. Sein Puls ging ruhiger. Offenbar drohte keine Gefahr.

Die Hunde hatten ihn erreicht. Zumindest einer. Er lag direkt auf ihm, die anderen beiden hielten sich wohl im Hintergrund. So hatte er nicht gewettet. Mit denen wollte er nichts zu tun haben. Er schnellte in die Höhe und schleuderte den Hund mit einer kräftigen Bewegung von sich.

Jetzt stand er allein auf dem schneebedeckten Feld. Ihm war kalt. Er hatte seine Handschuhe verloren, steckte die Finger in die Taschen seines Anoraks und beschloss, nach Hause zu laufen. Nach Hause! Er sah seinen längst verstorbenen Vater vor sich, von dem er schon länger nicht mehr geträumt hatte. Der Vater, gedrungene Gestalt, kräftiges überwiegend weißes Haar, stand im Wohnzimmer, seine blaue Arbeitsschütze hatte er umgebunden und hielt eine seiner von ihm selbst gefertigten Krippenfiguren aus Pappmaschee in der Hand, eine andere

44

Figur hing im Austrittsschacht der Warmluftheizung, um schneller zu trocknen. Die Heizung, ein Modell der frühen Sechziger Jahre. Gerade noch konnte er erkennen, dass es sich bei den Krippenfiguren um zwei schwarze Hunde handelte, da war dieses Bild schon wieder verschwunden. Er war beileibe noch nicht zuhause.

Weshalb war er stehen geblieben? Die Vierbeiner waren wieder da, hatten ihn umzingelt. Einer von ihnen, offenbar der Anführer, begann zu bellen, ein Bellen, das sich bald in ein etwas abgehacktes Sprechen verwandelte. Verzeihen Sie, ich muss mich immer erst ein wenig einbellen, bis mich die Menschen verstehen, sagte er. Was ist denn das jetzt? dachte Heinrich. Meine Träume werden immer verrückter. Gleichwohl interessant. Bei dieser Traumsequenz wollte er, neugierig geworden, bleiben.

Wir verabscheuen unnötige körperliche Gewalt, hörte er den Sprecher des Trios bellen. Wir wollen uns Gehör verschaffen, Sie haben uns als Richter nämlich nicht angehört. Unser Schicksal als Mischung von Deutschem und Weißem Schweizer Schäferhund war Ihnen völlig egal. Wir denken an eine Dienstaufsichtsbeschwerde gegen Sie. Eklatante Missachtung Ihrer richterlichen Pflichten!! Wissen sie, was Sie angerichtet haben? Fridolin, unser Herrchen, aus dem Hundezüchterverein ausgeschlossen! Und Sie haben das bestätigt. Er hat jede Freude und jedes Interesse an uns Hunden verloren. Derart vernachlässigt hat er uns, dass wir in unserer Verzweiflung ausgerissen sind und eine neue Bleibe suchen. Wir haben an Sie gedacht. Sie sind doch für den Schlamassel verantwortlich. Eine Unterkunft, und wir könnten auf die Dienstaufsichtsbeschwerde verzichten.

Und auch die Presse würde nichts erfahren, schaltete sich jetzt auch noch der zweite Hund ein. Was glauben Sie, wie sich so ein Artikel in der Zeitung oder gar in den Sozialen Medien auf die weitere Karriere auswirken würde, ergänzte der dritte.

Das war denn doch zu viel des Guten. Wenn schon von Hunden träumen, dann doch nicht so! Die Statuten des Vereins waren sonnenklar gewesen. Was sollte er sich mit diesen Kötern, die er so oder so nicht mochte, auseinandersetzen? Gab es denn keine anderen Gesprächspartner?

Und siehe da. Flugs verwandelte sich der schwarz-weiße Kläffer in einen sympathischen, durchgängig schwarzen, mit treuherzigen Augen dreinblickenden

Hirtenhund, das lebendige Ebenbild der Krippenfigur seines Vaters. Danke, sagte der, völlig akzent- und gebellefrei. Danke, Heinrich, dass Du jedes Jahr so auf mich achtgibst. Heinrich wurde ganz warm ums Herz, er freute sich, so vertraut geduzt zu werden und vergaß völlig, dass er träumte.

Das ist doch nicht der Rede wert, sagte Heinrich. Eine Ehrensache. Du als braver Hirtenhund, und so bist Du doch von meinem Vater als Figur erschaffen worden, Du gehörst zu den Hirten auf dem Felde, denen zu Weihnachten der Stern leuchtet und die zur Krippe kommen. Das war doch schauerlich, dass die von der Kirchengemeinde, die jedes Jahr die Krippe aufstellen, einmal nicht genau hingesehen und Dich zur Herbergssuche gesteckt haben. Als ob Du der Kumpan des Wirtes wärst, der der schwangeren Maria die Unterkunft verweigert. Wie man nur diesen aggressiven Typen von Hund mit Dir verwechseln konnte. Seither schaue ich jedes Jahr nach Dir, achte darauf, dass Du den Platz bekommst, der Dir zusteht und verbanne den Wirtshund vor die Türe zur Herberge an die Seite des Wirts, fernab von jedem himmlischen Geschehen.

Heinrich erwachte. Ein herrliches Traumende, sagte er sich. Am Frühstückstisch berichtete er Heidrun von den Schrecknissen der Nacht und wie er ihnen entkommen war. Ein berührender Anblick, der treue, verklärte Blick des Hirtenhundes!

Heidrun riss ihn aus seinen sentimentalen Gedanken. Was sind eigentlich die von Dir so wenig geliebten Deutschen Schäferhunde anderes als eine vom Menschen herausgezüchtete Weiterentwicklung Deines braven Hirtenhundes? Auch der wird nicht immer nur verklärt schauen, der muss nämlich die Schafherde zusammenhalten. Das geht nicht nur mit gutem Zureden und verträumtem Gesäusel. Manchmal muss der hart durchgreifen. Und der Hund des Wirtes? Der macht doch auch nur seinen Job. Die Herberge war voll. Hätte der Wirt das schwangere Paar aufgenommen, was meinst Du, was die römische Herbergsüberwachungsbehörde in den besetzten Gebieten dazu gesagt hätte? Du hast ja recht, wenn Du darauf achtest, dass die Figuren in dieser wunderschönen Weihnachtskrippe Deines Vaters am vorgesehenen Platz stehen. Manchmal muss ich Dir aber auch ein wenig Kontra geben, sagte sie und lachte.

Als der Wecker Heinrich aus dem Bett klingelte, wurde ihm bewusst, dass er sein Aufwachen und den doch arg kritischen Auftritt seiner geliebten Heidrun ebenfalls geträumt hatte. Er behielt den gesamten Traum für sich. Lieber nicht austesten, was Heidrun wirklich sagen würde.

8. Kapitel

Über Entspannung und ihre Folgen

Heinrich hatte sich von Doris verabschiedet, dem scheidenden Präsidenten alles Gute gewünscht und der neuen Präsidentin gratuliert. Er war auf dem Nachhauseweg, freute sich auf das Wochenende. Das Gespräch mit Doris erinnerte Heinrich an eine Aufgabe, deren Erledigung endlich vor dem Abschluss stand. Auch der traumhafte Gerichtsbesuch, den er kürzlich durchlitten hatte, war ja nicht von ungefähr gekommen, auch wenn, wie Heinrich halb amüsiert, halb verblüfft feststellte, seine Belastungsverarbeitung durch Träumen offenbar zeitlich hinterherhinkte. Die Phase, die Kolleginnen und Kollegen zu besuchen und sie nochmals in der Verhandlung zu erleben, lag schon eine Weile zurück. Zuletzt hatte er darum gerungen, die jeweilige Leistung, Eignung und Befähigung zu beschreiben und angemessene Formulierungen zu finden. Konnte die Kollegin bestens, hervorragend, ausgezeichnet oder phänomenal gut als Familienrichterin mit zu vernehmenden Kindern umgehen? Wertende Formulierungen verschiedener Beurteiler sollten vergleichbar sein. Das engte die Kreativität des Autors ein und zwang zu gewisser Konformität. Noch eine allerletzte Beurteilung war auszuhändigen. Morgen. Dann ein verlängertes Wochenende.

Die letzte, länger zurückgestellte Beurteilung war ausgehändigt und mit dem begabten, sehr ehrgeizigen und jetzt unzufriedenen Kollegen besprochen. So weit, sich in nächster Zeit unmittelbar auf eine Vorsitzendenstelle zu bewerben, war der noch nicht. Heinrich würdigte die „durchaus sehr anzuerkennende" Leistung und erläuterte zukünftige Entwicklungsmöglichkeiten.

Sie sollten überlegen, ob Sie nicht zum Landgericht wechseln und Mitglied einer Wirtschaftsstrafkammer werden wollen. Ich könnte Sie da gut gebrauchen. Es wäre eine Chance, sich weiter zu profilieren, Erfahrungen im Team zu sammeln und zu zeigen, dass Sie auch etwas Neues anpacken. Sie sind noch zu sehr Einzelkämpfer. Wie soll ich Sie da als Vorsitzenden einer Kammer empfehlen, wenn sie nie Beisitzer in einem solchen Gremium gewesen sind? Gegebenenfalls, fügte Heinrich hinzu, gegebenenfalls können Sie später, sagen wir in einem Jahr, wieder in eine andere Aufgabe wechseln.

Das sagen Sie, erwiderte der Kollege, und die Betonung lag auf dem letzten Wort. In einem Jahr sind Sie doch längst in Pension und keiner erinnert sich mehr an Ihre Versprechungen oder fühlt sich gar daran gebunden. Auch wenn Sie es gewiss ehrlich meinen, fügte er rasch hinzu, als er die nicht gerade erfreut wirkende Mimik seines Gegenübers wahrnahm. Ich bin gar nicht so alt wie Sie denken, sagte Heinrich und beendete rasch das Gespräch.

Das wie gesagt verlängerte Wochenende kam gerade recht. Heinrich hatte keine Akten mitgenommen. Entspannung ist angesagt, nahm er sich vor, als er nach Hause fuhr. Den Stress der letzten Wochen galt es hinter sich zu lassen. Er hatte das Autoradio eingeschaltet, gerade lief „Let it be", als ein seltsames Pfeifen sich in den Beatles-Song mischte. Ist ja schrecklich, dachte Heinrich. Der Empfang war doch immer perfekt. Er schaltete das Radio aus. Gerade diesen Song wollte er nicht derart verhunzt hören. „Let it be", das war die erste Schallplatte gewesen, die er sich gekauft hatte, ein Song, der ihn seither nicht losließ. Einmal hatte er sogar daran gedacht, sich das Lied zu seiner eigenen Beerdigung zu wünschen. Das war beim Trauergottesdienst zu Ehren einer guten Freundin aus den früheren Zeiten gemeinsamer politischer Aktivitäten gewesen. Sie hatte nach Aussagen des Pfarrers, um ihr nahendes Ende wissend, noch alle Lieder und Lesungstexte zum Requiem selbst ausgesucht und festgelegt, wen von ihren Parteifreunden sie an ihrem Grab nicht sehen wollte. Nicht alle hatten sich daran gehalten. Er, Heinrich, war willkommen gewesen.

Das Pfeifen blieb gegenwärtig. Es kam nicht von außen. Sicher würde das gleich wieder vergehen. Und tatsächlich: Zuhause war es vorüber. Kein Grund, Heidrun zu beunruhigen.

§ 9   (Nur) Irre irren nie

Zu längst vergangenen Zeiten, als Neuigkeiten sich noch auf realen Marktplätzen verbreiteten, da geschah es.

48

Abs. 1   Irrtum bringt Verdruss

Zunächst waren es nur wenige gewesen, die sich beklagten. Immer wieder laufe ihnen ein Schauer über den Rücken, obwohl doch der Sommer inzwischen heiß war und seit einigen Wochen immer wieder 40 Grad Celsius im Schatten gemessen wurden. Wäre das Phänomen, wie es anfangs wohl der Fall war, nur beim Betreten eines jener alten Gebäude aufgetreten, hinter deren dicken Mauern sich noch die Kühle der vergangenen Monate gehalten hatte, niemand hätte etwas darauf gegeben.

Indes. Die Kälteattacken traten zunehmend in völlig unvermuteten Momenten auf. Eben hatte man sich zur Mittagspause im Schatten eines Baumes niedergelassen, da konnte es geschehen, dass einen schon der Schauer ergriff, der bei den meisten an der höchsten Stelle des Kopfes seinen Anfang nahm und dann in rasanter Abfahrt über den Nacken, den Rücken, das Steißbein zu Tal sauste, nicht ohne sich zuvor zu teilen und den Weg über die Innenseite sowohl des rechten als auch des linken Ober- und Unterschenkels zu nehmen. Andere Schauer folgten einem Kurs, der zu späteren Zeiten als riesenslalom- oder slalomgeeignet apostrophiert worden wäre. Ständig entwickelten sich neue Verläufe. Selbst ein Kribbeln im großen Zeh konnte eine Schauerattacke ankündigen, die sich ihren Weg über die Waden zur Pobacke und wieder zurück bahnen, ebenso gut aber zu Kopfe steigen konnte.

Hatten zahlreiche Gelehrte zunächst von einer natürlichen Reaktion des Körpers auf die allzu große Hitze gesprochen und die von vorübergehendem Frösteln Betroffenen geradezu beglückwünscht, waren durchs Land gezogen und hatten auf den Marktplätzen verkündet, ein kurzer Schauer schütze vor Hitzschlag, nach dem Stande der Wissenschaft werde der Betroffene mit großer Wahrscheinlichkeit gegen Überhitzung sogar immun, nach vorübergehender Eiseskälte stabilisiere sich zudem die Körpertemperatur sehr rasch wieder im Normbereich, weshalb zu irgendeiner Beunruhigung derzeit kein Anlass bestehe, so kamen diese Stimmen im Laufe der Wochen zum Verstummen, weil immer häufiger berichtet wurde, dem Schauer folge ein Schaudern nach. Betroffene ergreife Entsetzen, tagelang könnten sie nichts essen, nachts nicht schlafen und, wenn sie denn doch der Schlaf überwältige, litten sie unter Albträumen.

Viele berichteten, sie hätten sich als in einem dicken Eisblock eingeschlossen erlebt und versuchten nun, das Einschlafen zu vermeiden, um nicht diesem schauderhaften Zustand der Vereisung ausgesetzt zu werden. So sehr die Gelehrten (zu Recht) darauf hinwiesen, sie hätten nur vorläufige Erkenntnisse verbreitet, behielten die weitere Entwicklung sehr verantwortungsbewusst im Auge, seien beständig im Austausch mit den Betroffenen, zögen daraus ihre Schlüsse, lernten stetig dazu und würden bald mehr wissen, so mussten sie doch feststellen, dass es schwerer als zuvor fiel, nach dieser ersten Fehleinschätzung Gehör zu finden.

Dabei hatten die Gelehrten tatsächlich inzwischen unermüdlich mit den von der Krankheit befallenen Menschen gesprochen, um festzustellen, ob Gemeinsamkeiten bestanden, die sie von anderen, Gesunden unterschieden. Die Überlegung, die Schauer seien zwar nicht hilfreich, aber doch eine Reaktion auf die Hitze, musste mit dem Beginn herbstlicher Temperaturen endgültig fallen gelassen werden. Schließlich ließen die Symptome bei den während der Hitzewelle Erkrankten nicht nach, sondern verstärkten sich bis hin zu ersten Todesfällen. Zudem wuchs die Zahl der Erkrankten.

Allerdings war festzustellen, dass ausschließlich wohlhabende Personen unter den Schauern litten. Während einige Gelehrte zu der Ansicht neigten, die Reichen seien von der Angst befallen, sie könnten ihren Reichtum wieder verlieren, etwa weil die Armen sich seit einigen Jahren in Räuberbanden zusammenfanden und die Straßen und Wege unsicher machten, widersprachen andere. Diese Überlegung erkläre nicht, weshalb die Krankheit gerade jetzt ausgebrochen sei. Das Räuberunwesen sei nicht neu, in letzter Zeit sogar leicht rückläufig. Wenn nur Reiche erkrankten, könne dies vielmehr darauf hindeuten, dass Reichtum an sich krank mache.

Auch wenn beide Gruppen ihre Ansichten keineswegs schon als gesicherte Erkenntnis einstuften, machten sie sich erneut auf den Weg, um auf den Markplätzen ihre vorläufigen Einschätzungen zu verbreiten, in der Überzeugung, eine schnelle Warnung vor möglichen Gefahren sei besser als keine Warnung. Und so stellten sie sich denn auf die Marktplätze, die einen, um zu verkünden, die Reichen sollten sich nicht vor den Räubern zu ängstigen, die Gefahr, ihnen zum Opfer zu fallen, sei deutlich geringer als die, aus Angst vor ihnen zu erkranken oder gar zu sterben, die anderen, um vor der krankmachenden Wirkung des Reichtums zu warnen. Weil aber zwei unterschiedliche Ansichten verbreitet wurden, fand keine von ihnen besonderes Gehör. Stattdessen wurden die Gelehrten nicht selten verlacht, bespuckt und im schlimmsten Falle verprügelt.

Die Räuber entwickelten ihre eigenen Überzeugungen. Ihre Anführer stellten sich die Frage, wem das Gerede von der neuen Erkrankung denn nützen könnte und verfielen auf den Gedanken, die Idee, Geld mache krank, sei doch wohl eine Erfindung der Reichen selbst. Diese wollten den Armen ihren Wunsch, selbst reich werden zu wollen, auf diese Weise ausreden und den Räuberbanden den Garaus machen. Wer wolle denn noch Räuber sein, wenn ihn das erbeutete Geld unweigerlich krank mache und schreckliche Qualen leiden lasse.

Abs. 2   Der König kann nicht irren

Die Gelehrten ließen nicht locker. Der Obergelehrte des Königs, den noch dessen Vater ernannt hatte, ermunterte sie, weiter nachzudenken. Man müsse doch die Frage aufwerfen, sagte er, was sich denn seit dem Sommer verändert habe und womit gerade die Reichen in besonderem Maße konfrontiert gewesen seien. Darüber müsse man gemeinsam beraten. Und so lud der Obergelehrte zu einer großen Zusammenkunft aller Gelehrten an des Königs Hof ein, wo sie sich in einem der zahlreichen prächtigen Säle des Schlosses versammeln durften.

Nachdem sie drei Tage zusammengesessen, über ihre Beobachtungen berichtet und zu keinem Ergebnis gekommen waren, ergriff der jüngste der Gelehrten, der sich selbst als fragenden Philosophen bezeichnete, das Wort. Meine Herren, sagte er (Damen waren keine anwesend), ich stelle zwei Fragen.

Frage 1: Womit haben Reiche am meisten zu schaffen, was haben sie täglich in überreichem Maße in ihrer Hand? Meint Ihr Dukaten? fragte derjenige unter den Gelehrten, der sich mit den Vermögensverhältnissen im Lande befasste. In der Tat, sagte der jüngste der Gelehrten und fuhr fort.

Frage 2: Hat sich bei unseren Dukaten seit dem späten Frühjahr etwas verändert? Ja, erklärte derjenige Gelehrte unter ihnen, der seine Forschung auf die Entwicklung des Münzwesens konzentrierte. Wir beziehen unser Geld jetzt von einem neuen Lieferanten aus Transmanien.

Na dann, sagte der jüngste der Gelehrten. Da haben wir doch einen wichtigen Ansatz. Ja schon, meldete sich einer, der lange geschwiegen hatte. Wie Sie wissen, beschäftige ich mich mit Wahrscheinlichkeiten. Ich erlaube mir, darauf hinzuweisen, dass die zeitliche Abfolge von Geschehnissen keineswegs beweist, dass ein Ereignis die Ursache des Nachfolgenden ist.

Ihren Wahrscheinlichkeitsspekulationen, die Sie als Mathematik bezeichnen, ziehe ich die Erkenntnis des Tatsächlichen vor, meldete sich daraufhin einer der zahlreich anwesenden Ärzte zu Wort. Im Ergebnis stimme ich allerdings zu. Bewiesen ist nichts, die Überlegung ist aber interessant. Lasst uns doch einfach in einem ausgewählten Gebiet die Dukaten einsammeln, die Gegend abriegeln und den Dukatenverkehr mit anderen Bereichen des Landes, aber selbstverständlich auch mit dem Ausland vorübergehend unterbinden. Dann können wir sehen, ob Erkrankte genesen oder sich wenigstens eine weitere Verschlechterung vermeiden lässt und ob die Neuerkrankungen zurückgehen. Das kann nur der König anordnen, dem wir den Vorschlag nahebringen müssten, erklärte daraufhin der Obergelehrte.

In diesem Moment wurde die Eingangstür aufgerissen und der König auf einer Sänfte hereingetragen. Einige der Lakaien brachten einen seiner zahlreichen Thronsessel herein, auf dem sich der König niederließ.

Gibt es endlich Vorschläge? fragte der König. Sie, meine Herren sind alle so undankbar. Ich lasse Sie in meinen Räumen tagen, gebratene Tauben und prachtvolle Truthähne servieren – und Sie liefern nichts?

Hochverehrte Majestät, erklärte daraufhin der Obergelehrte, wir bitten untertänigst um Vergebung. Die Angelegenheit ist schwierig. Wir haben allerdings einen ersten Ansatz gefunden. Die Erkrankungen könnten mit dem Umstand zusammenhängen, dass wir unser Geld infolge der sehr segensreichen von Ihnen bewirkten Zusammenarbeit mit unserem Nachbarland Transmanien neuerdings dort herstellen lassen. Wir schlagen daher vor, weiter kam der Obergelehrte nicht, weil ihn der König unterbrach.

Ein von mir eingeführtes Geld kann nichts Schlechtes bewirken, sagte der König. Seine Stimme wurde laut und seine Gesichtsfarbe verfärbte sich in einer Weise, dass Haar und Gesicht im Farbton eins wurden. Weil es aber, sagte der König und seine Stimme näherte sich wieder dem Normalmodus seiner Sprechweise, weil das neue Geld aber, wie wir jetzt wissen, bei uns Krankheiten auslöst, kann die Idee nicht von mir gekommen sein. Ich wurde belogen und betrogen. Sogleich werde ich meinen Finanzkämmerer in den Turm werfen, das Geld austauschen lassen und Transmanien den Krieg erklären. Ein in meinem Land ausgebrochenes Unheil kann ja nur vom Ausland her verursacht worden sein. Das werden meine Untertanen sofort verstehen und als echte Patrioten voller Kampfeslust in den Krieg ziehen.

Majestät, sagte der Obergelehrte, wir haben nur eine Überlegung vorgetragen, die näher zu erforschen ist. Bewiesen ist hier gar nichts. Papperlapapp, fuhr ihm da der König über den Mund. Was ich als richtig erkannt habe, ist richtig. Sprach's, setzte sich wieder in die Sänfte und ließ sich hinaustragen. Da wussten die Gelehrten, dass sie ihren Plan, nur in einem bestimmten Gebiet probeweise die Dukaten auszutauschen, nicht würden verwirklichen können. Sie beschlossen aber, die Auswirkungen der königlichen Maßnahmen genauestens zu beobachten und beauftragten den Obergelehrten, dem König zu übermitteln, dass sie, die Gelehrten, die allumfassende Wirksamkeit der ergriffenen Maßnahmen bestätigen und die Weisheit der königlichen Maßnahmen preisen wollten. Es würde sie glücklich machen, wenn zu den erforderlichen Reisen und Erkundungen im ganzen weiten Lande auch weiter Mittel aus der königlichen Schatulle zur Verfügung stünden.

Der König aber ließ die Dukatenproduktion im eigenen Land wieder anwerfen, auf den Marktplätzen verkünden, die Ursache der Erkrankungen sei verdorbenes im Ausland hergestelltes Geld gewesen, welches auf verschlungenen Wegen ins Land gelangt sei, um seine tüchtigen Bürger zu schwächen und das Reich, seiner Kampfkraft beraubt, zu überfallen und zu besiegen. Auch wenn zunächst naturgemäß die etwas Wohlhabenderen im Lande betroffen seien, drohe doch jedem, der mit dem neuen Geld, welches äußerlich vom guten landeseigenen Geld nicht zu unterscheiden sei, in Berührung komme, der sichere Tod. Jetzt gelte es, sämtliche Dukaten abzuliefern, um neue, eigens gekennzeichnete Dukaten zu erhalten. Die Gelehrten des Landes, die von der Weisheit ihres Königs zutiefst überzeugt seien, hätten es sich nicht nehmen lassen, den Geldaustausch zu begleiten und die segensreichen Auswirkungen auf die Gesundheit für die Nachwelt festzuhalten. Die jungen kräftigen Männer aber rief der König zu den Waffen.

Da erhob sich ein Sturm der Begeisterung im Lande – jedenfalls weitgehend. Lediglich die Räuberbanden haderten mit ihrem Schicksal, fürchteten sie doch, bei der Ablieferung ihrer Dukatenschätze der Räuberei verdächtigt und festgenommen zu werden, würden sie doch schwerlich größere Beutesummen als redlich erworben ausgeben können. Und sie fühlten sich in ihrer Auffassung bestätigt, dass die Erkrankung nicht existiere und es darum gehe, ihr erbeutetes Geld zu entwerten. Aber auch den Gelehrten war nicht wohl, widersprach das Vorgehen des Königs doch ihrem Vorschlag.

Nichtsdestotrotz ging der Plan des Königs zunächst auf. Transmanien wurde, wenn auch unter starken Verlusten, in fünf Tagen besiegt, die vorhandenen Dukaten waren, die Räubererlöse ausgenommen, rasch abgegeben, der Gesundheitszustand der Erkrankten besserte sich, Todesfälle und Neuerkrankungen gingen zurück.

Allerdings konnten die abgelieferten Dukaten aufgrund von Lieferschwierigkeiten nicht sogleich durch neue Dukaten ersetzt werden, was für ersten Unmut sorgte. Und kaum waren die neuen Dukaten ausgeliefert, da verschlechterte sich der Gesundheitszustand der Betroffenen wieder und die Zahl der Todesfälle und Neuerkrankungen stieg an.

Da traten die Gelehrten, diesmal aber nicht in den Palast eingeladen, nochmals zusammen und beratschlagten, erneut unter dem Vorsitz des Obergelehrten. Für die Versammlung stand rasch fest, dass die Erkrankung etwas mit Reichtum, wohl aber nichts mit dem Dukatenproduzenten zu tun hatte. Mehrere Gelehrte hatten sich inzwischen mit der Frage beschäftigt, was denn gesund gebliebene Reiche von den erkrankten unterscheide. Übereinstimmend wurde berichtet, dass die Erkrankten ihre Dukaten nicht im üblichen Geldspeicher horteten, sondern sich Gefäße hatten bauen lassen, die es ihnen ermöglichten, im Geld zu schwimmen, ein Vergnügen, welches sie sich gerne gönnten. Da beauftragten die Gelehrten den Obergelehrten, zum König zu gehen und ihn zu bitten, die Bürger über die Gefahren des „in Geld Schwimmens" aufzuklären.

Der König aber, der sich aus Ärger über die misslungene Geldaustauschaktion einige Wochen in seine Gemächer zurückgezogen hatte, wies den Obergelehrten, den er lange warten ließ, schließlich aber doch empfing, schroff zurück. Den Teufel werde ich tun, sagte er. Er, der Obergelehrte, sei hiermit entlassen und solle froh sein, dass er ihn, im Gedenken daran, dass er bereits seinem Vater gedient habe, nicht in den Turm werfen lasse. Die Gelehrten hätten ihn völlig falsch beraten, sie seien brunzdumm und auf eine raffinierte sylvanische Intrige hereingefallen.

Abs. 3   Auch ein irrender König hat recht

Und der König ließ auf allen Marktplätzen verkünden, dem Nachbarland Sylvanien sei es gelungen, falsche Botschaften im Lande zu verbreiten, um die Freundschaft zum geliebten Nachbarland Transmanien zu hintertreiben. Er, der König, habe den Schwindel aufgedeckt und die unverbrüchliche Freundschaft zu Transmanien erneuert. Die Schüttelkrankheit sei eine Erfindung Sylvaniens, die durch elende fremde Agenten verbreitet worden sei. Wer künftig weiter behaupte, es gebe diese sylvanische Lügenkrankheit, werde festgenommen und in den Turm geworfen.

Dem König war zudem zu Ohren gekommen, die Räuberbanden hätten von Anfang an behauptet, dass die Krankheit nicht existiere. Er ließ daher bekannt geben, dass die Räuber in ihrer unverbildeten Natürlichkeit tatsächlich früher als manch andere eingebildete und dumme Persönlichkeit die sylvanische Intrige durchschaut hatten. Diesen Weitblick wolle er belohnen. Die Räuber seien gute Jungs mit exzellenten Ideen. Solche Leute brauche das Land. Alle „kleineren Verfehlungen der Vergangenheit", so es sie denn gegeben habe, seien verziehen. Er, der König, wolle die Jungs in seine Dienste nehmen. Da lösten sich die Räuberbanden als Räuberbanden auf. Sie wurden königliche Gehilfen, um die Verbreiter falscher Nachrichten festzunehmen und in den Turm zu werfen.

Die Gelehrten aber schwiegen. Keiner von ihnen zeigte sich mehr auf einem Marktplatz. Viele von ihnen beschlossen aber, die Krankheit weiter im Auge zu behalten und diejenigen unter ihnen, die sich gegenseitig vertrauten und nicht befürchteten, an die Schergen des Königs verraten zu werden, blieben unter einander in Kontakt.

Die Gelehrten mussten aber erkennen, dass kein einziger Bewohner des Landes mehr eine Erkrankung bestätigte. Denn die Erkrankten waren in großer Furcht. Sie verbargen ihre Schauerattacken und sprachen nur im engsten Familienkreis darüber. Selbst die Ärzte waren vom König verpflichtet worden, jeden umgehend zu melden, der behauptete, an der „sylvanischen Lügenkrankheit", wie sie der König nannte, zu leiden.

Da erinnerten sich einige Erkrankte an die Prediger und berichteten ihnen, dass sie weiterhin und immer schlimmer an Schaudern und Albträumen litten. Die Prediger waren nämlich die einzigen im Lande, die nicht zur Meldung der „sylvanischen Agenten" verpflichtet worden waren.

Da trafen sich die Prediger im Lande und beratschlagten, wie sie auf die Anfragen der Erkrankten reagieren sollten. Die einen unter ihnen berichteten, dass sich ihnen auch schon Gelehrte anvertraut und erklärt hätten, es bestünde Hoffnung, wenn die Betroffenen nicht mehr im Geld schwömmen, also von der Unsitte, in den Dukatenvorräten zu baden, Abstand nähmen. Man könne den Kranken also einen guten Rat erteilen.

Andere aber wandten ein, damit würden die Prediger ihr Kerngeschäft, nämlich den Bezug zum Überirdischen aufgeben. Sie empfahlen, die Erkrankten nach ihren religiösen Praktiken zu befragen, ihnen ihren sündigen Abfall von Gott vorzuhalten und sie aufzufordern, zum Himmel zu beten und um Erlösung zu bitten.

Wieder andere sprachen sich für eine Doppelstrategie aus. Gewiss doch, man müsse die eigene Kompetenz in den Vordergrund stellen. Zudem sei die Gelehrtenmeinung im Augenblick ohnehin keine gute Referenz. Man könne aber doch das Gebet empfehlen und zugleich die Abkehr von der bisherigen Sündhaftigkeit verlangen, die ihren sichtbarsten Ausdruck im Dukatenbad gefunden habe. Hätten die Gelehrten Recht, so würden die Betroffenen ihre Genesung als Werk der Prediger erkennen. Hätten die Gelehrten Unrecht, könne man den Erkrankten immer noch vorwerfen, nicht fromm und ausdauernd genug gebetet zu haben. Und auf diese wahrhaft ausgewogene, vermittelnde Vorgehensweise konnten sich alle einigen.

Als die Erkrankten diese Empfehlungen hörten, nahmen die meisten von ihnen Abstand vom Dukatenbad, so schwer es ihnen fiel. Das Beten aber hatten sie vielfach völlig verlernt und wussten nicht, wie sie diesen Teil der Empfehlung umsetzen sollten. Gewohnt, für Geld andere für sich arbeiten zu lassen, fragten sie die Prediger, ob sie das Gebet für sie übernehmen könnten und boten gute Bezahlung an.

So kam es, dass vielfach die Prediger, die dies ohnehin „besser konnten" das Beten erledigten und die Erkrankten auf das Dukatenbad verzichteten, auf dass letzteres in den Kreisen der Reichen mit der Zeit völlig aus der Mode kam. Die Kassen der Prediger aber füllten sich, ohne dass diese, wissend um die Empfehlung der Gelehrten, in die Versuchung gerieten, nun ihrerseits im Geld zu schwimmen und zu erkranken.

Auf diese Weise verschwand die Krankheit und der König verkündete stolz, dass das Land dank seiner Weisheit „schauderfrei" sei. Die niederträchtige sylvanische Lüge sei gescheitert.

9. Kapitel

Über Geräusche und schwere Kost

Am Pfingstsonntag fuhren sie zu Agathe. Laut Wettervorhersage stand ein neuer Hitzerekord bevor. Agathes weitläufiger Garten versprach erquickenden Schatten, stand das Haus doch im ehemaligen Stadtwald, Ende der Fünfziger Jahre zu einem Neubaugebiet umgewandelt. Die Grundstückserwerber hatten in den Gärten im Einzelnen vertraglich festgelegte Bäume stehen zu lassen. Eichen, Buchen, Birken und was sonst noch, Heinrichs Unterscheidungsvermögen war insoweit begrenzt. Jedenfalls ließ es sich in deren Schatten gut aushalten. Ein Liegestuhl, ein Buch, den Feuilletonempfehlungen folgend ausgewählt. Mehr brauchte Heinrich nicht. Das Zwitschern der Vögel, es hatte im Sommer ohnehin nachgelassen, störte die Konzentration nicht weiter, ebenso wenig ein gelegentlich vorbeihuschendes Eichhörnchen.

Sie verwöhnten ihn, nahmen Rücksicht auf den Stress der vergangenen Woche. Die Erholungschancen konnten nicht günstiger sein. Agathe und Heidrun kümmerten sich ums Kochen, er begnügte sich damit, Gartentisch und Gartenstühle aufzustellen, die Polster aus dem ehemaligen Kinderzimmer zu holen und den Tisch zu decken, dabei die Verwendung von Sonntagsgeschirr und

Sonntagsbesteck beachtend. Und schon konnte er es sich im Liegestuhl bequem machen.

Die Lektüre war allerdings, bildungsbürgerlichen Ansprüchen musste Genüge getan werden, eine Herausforderung. Band 23 der von seiner Zeitung herausgegebenen Serie „50 mysteriöse Romane des 20. Jahrhunderts".

Nach zehn Seiten Lektüre war Heinrich erschöpft eingeschlafen. Ein Rufen weckte ihn. Wer war das? Die Stimme klang seltsam, weder nach Agathe noch nach Heidrun. Metallisch, scheppernd. Er sah hoch. Heidrun stand vor ihm. „Essen ist fertig", sagte sie. Wieder dieser Klang. Sein Gehör spielte ihm erneut einen Streich.

Beim Mittagstisch fragte Heinrich seine Schwiegermutter nach dem von Lehrer Gutspecht angekündigten Manuskript. Da ist nichts gekommen, entgegnete Agathe und überraschte ihn mit einem neuartigen klirrenden Unterton in ihrer Stimme.

Derartige Phänomene treten meist auf, wenn man vermeintlich zur Ruhe kommt, sagte der Arzt. Beruflicher Stress kann durchaus eine Rolle spielen. Betrachten Sie es als Warnung, treten sie kürzer. Ich ziehe Sie zunächst einmal für 14 Tage aus dem Verkehr. Gehen Sie spazieren, alle drei Tage machen wir Akupunktur. Haben Sie gelegentlich auch Gleichgewichtsstörungen? Ich gebe Ihnen Tabletten.

Ob die schwere Kost, die Sie gerade lesen, auch „Schuld hat"? Ich bitte Sie. Zehn Seiten lösen doch noch keine Veränderungen im Gehörgang aus. Geben Sie dem Buch noch eine Chance, vielleicht weitere zwanzig Seiten? Wir hatten das als Schullektüre. Das Buch ist ein einziges Experiment. Vermuten Sie aber nicht hinter jedem Satz einen Hintergedanken. Am besten lassen Sie sich einfach von der Lektüre treiben. Man muss doch nicht alles verstehen. Wenn es Ihnen aber wirklich nicht gefällt, ja, dann müssen Sie es doch nicht zu Ende lesen. Auch wenn Sie es gekauft haben! Sonst werfen Sie doch dem fehlinvestierten Geld auch noch vergeudete Zeit hinterher, beendete der Arzt seine guten, zumindest gut gemeinten Ermahnungen und Hinweise.

Heinrich hatte nach dem Pfingstwochenende tatsächlich den Arzt aufgesucht und Heidrun über seine Beschwerden, insbesondere das wiederholte Ohrenpfeifen unterrichtet. Den metallischen Klang Ihrer Stimme hatte er allerdings nicht erwähnt. Am Ende hätte sie das psychologisierend gedeutet.

Eine Rekonstruktion. Über fünfzig Jahre später. Der zehnjährige Knabe, damals noch schmächtig, kurzsichtig, die Welt aus dicken Brillengläsern betrachtend, fragte er sich, warum das Ganze?

Sie waren unterwegs, fuhren aufs Land, um ihn abzuliefern. Er hatte Ferien, bestimmt hatte er sich darauf gefreut, mit denjenigen unter seinen Freunden, die ebenfalls zuhause geblieben waren, Fußball zu spielen, wenn sie schon nicht, wie ihre Nachbarn, nach Rosapineta ans Meer verreisten. Hätte er damals tatsächlich nach Italien an den Strand fahren wollen? Heinrich versuchte sich zu erinnern, sich in den Zehnjährigen (oder war er elf gewesen?) zu versetzen und dessen, also seine eigene, damalige Gefühlswelt rückblickend wiederzubeleben.

Ja, als er damals vom Landurlaub zurück in die Stadt gekommen war und über seine Erlebnisse berichtet hatte, da hatten sie ihn alle verlacht. Das wusste er sicher. Auch heute noch wusste er das. Ach, der verkopfte Heinrich, hatte es vermutlich geheißen. Sein Onkel Fritz, Onkel mütterlicherseits, hatte gewiss das Wort „Intelligenzbestie" fallen lassen, ohne dass es in diesem Kontext, anders als sonst, als Lob gedacht gewesen war. Im praktischen Verständnis, da hapert es halt manchmal. Wer könnte das gesagt haben? Seine Mutter, sein Vater oder vielleicht sein großer Bruder Wilhelm, sechs Jahre älter, der sich immer wieder mal über ihn lustig machte.

Du kannst ein paar Tage in den Ferien aufs Land kommen, hatte es geheißen. Onkel Matthias und Tante Sieglinde laden Dich ein. Mit dem Bulldog mitfahren, mit dem dortigen Hund herumtollen, ein süßer Spitz. Liebe Kätzlein haben sie auch, es wird Dir gefallen. So oder so ähnlich wird es geklungen haben, als sie ihm die Landpartie schmackhaft machten.

Skeptisch wirst Du gewesen sein, kleiner Heinrich. Wollten sie Dich mal für eine Weile loswerden? Steckte Dein großer Bruder dahinter? Wollte der „die Mama" für sich allein haben? Unsinn, kleiner Heinrich. Dein großer Bruder war damals 16 (oder 17?). Der stritt sich doch dauernd mit seinen Eltern. Ob Du da warst oder nicht, das war dem doch egal.

Eine Rekonstruktion. Sie kamen an. Ein kleines Dorf, die Dorfstraße ungeteert, sommerstaubig. Der Bauernhof, Kuhstall unmittelbar neben dem Wohngebäude. Ach was, Teil eines Gesamtgebäudes, dessen vorderer Abschnitt dem Wohnen diente, der hintere der Stallung. Direkter Zugang. Um vom Wohnzimmer in den Stall zu kommen, dazu musste keiner aus dem Haus.

Das Klo, Du willst es nicht sagen, Kleinheinrich, sprich es aus, das Klo war über dem Hof. Bretterverschlag, Plumpsen, keine Spülung, Zeitungen statt Hakle.

Die Tante stand im Hauseingang, ein vielleicht achtjähriges Mädchen neben ihr. Rote Zöpfe? Die Erinnerung ist zu verschwommen, um ihr jetzt eine Pippi Langstrumpf-Ähnlichkeit anzudichten. Sie war aber sicher kleiner und jünger als Du.

Schau, das ist unsere Claudia. Du weißt doch, unsere Enkelin aus Duisburg. Sie ist eine Woche bei uns. Raus aus diesem verrußten Ruhrpott. So oder so ähnlich, so wird Tante Sieglinde gesagt haben. Claudia freut sich schon sehr auf Dich.

Heinrich freute sich nicht. Von dieser Claudia war überhaupt nicht die Rede gewesen. War er hier der Babysitter? So wird er gedacht haben, der junge Heinrich, mutmaßt der heutige, der alte. Nach außen hin blieb der junge Heinrich sicher ruhig. Er war ja der „Brave" und konnte nicht aus dieser ihm zugewiesenen Haut heraus. Deshalb glaubten sie ja (seinerzeit zu Recht!), mit ihm alles machen zu können. Hatte er wenigstens seine Micky Maus-Hefte mitgenommen?

Sie waren in einem gemeinsamen Zimmer untergebracht. Immerhin zwei getrennte Betten. Schau, sagte Claudia. Meine Mama hat mir einen Nachttopf mitgegeben. Wenn ich in der Nacht mal pullern muss. Das hatte sie gesagt. Heinrich wusste es ganz genau. Wie sehr hatte er gehofft, in der Nacht nur ja nicht Claudias „Pullern" hören zu müssen. Vergebens! Wenn er daran zurückdachte, glaubte er noch immer das Geräusch im Ohr zu haben.

Ansonsten? Ist es erwähnenswert, dass Heinrich bei der Lektüre der im Klohäusle hinterlegten Zeitungen peinlichst berührt feststellen musste, dass jener Meidericher SV, der aktuell in der Bundesliga vor seinen geliebten Bayern lag, ausgerechnet ein Duisburger Verein war? Gott sei Dank hatte Claudia von Fußball keine Ahnung und konnte ihm das nicht unter die Nase reiben.

Claudia ist weitgehend aus seinem Gedächtnis verschwunden. Haben sie mit einander gespielt? Wenn ja, was? Heinrich weiß es nicht. Nicht Claudia ist die Hauptfigur, nicht sie hat ihn fasziniert. Beeindruckt hat ihn Annemarie, mitsamt ihrem Laden. Dem vor allem. Ebenso fasziniert wie, vorübergehend, verärgert.

Keine abstrakte Tante Emma betrieb den Dorfladen, sondern die leibhaftige „Kusine Annemarie". Sein Vater hatte sie so genannt. Wie so viele im Dorf war auch sie mit ihm verwandt.

In Annemaries Laden gab es alles. Wurst, Käse, Brot, Schokolade, Limonade, Kaugummis, ja sogar das neue Micky Maus-Heft. Annemarie, Inhaberin und einzige Verkaufskraft, von beeindruckender, kräftiger Statur mit einer solch furchteinflößenden Oberweite, wie sie Heinrich zuvor noch nie gesehen hatte, zudem pechschwarze Haare, nach hinten zusammengebunden. Wie sah sie aus, wenn sie das Band löste?

War er jeden Tag im Laden? Heinrich weiß es nicht mehr. Hatte er jedes Mal einen Auftrag der Tante, etwas für sie zu besorgen? Heinrich weiß es nicht mehr. Hatte er diese Claudia im Schlepptau? Heinrich weiß es nicht mehr. Vor Augen steht ihm der Laden selbst, rechterhand die Zeitungen, Zigaretten, Kaugummis, Getränke, linkerhand die Waschmittel, Spülmittel, Putzmittel, vielleicht auch Kosmetikartikel? Hatten die im Dorf so etwas wie Lippenstifte? Und wenn ja, wäre es Heinrich aufgefallen? In der Mitte die Lebensmitteltheke, dahinter Annemarie, vor sich die Kasse, in ihrem Rücken was? Ja was?

Wann immer der kleine Heinrich zu Annemarie kommt, es gilt sich zu gedulden, bis er dran ist. Immer ist irgendjemand vor ihm an der Reihe. Meist ältere Frauen, die aber nicht einfach etwas bestellen und dann bedient werden. Nein! Der heutige Heinrich spürt die Empörung des damaligen, die Ungeduld, endlich an die Reihe zu kommen und sich die Kaugummis mit Zitronengeschmack zu besorgen. Wenn man ihn schon hierher verbannt hat, so will er sich von seinem Taschengeld wenigstens Sachen kaufen, die ihm seine Mutter sonst sogleich abnimmt, sobald sie sie entdeckt. In letzter Zeit entdeckt sie nichts mehr, weil er sich Kaugummis schon lange nicht mehr zu kaufen getraut hat.

Kaugummis sind schlecht für die Zähne, sagt die Mutter. Das neue Micky Maus-Heft kauft er sich noch nicht, so sehr er sich auf der einen Seite wünscht, es schon lesen zu können. Auf der anderen Seite siegt seine Sparsamkeit. Die Micky Maus-Hefte bekommt er von seinem Onkel Fritz geschenkt. Wozu sie also kaufen? Der Onkel besucht die Familie alle drei, vier Wochen. So lange muss er warten, bis er wieder die neuesten drei, vier Hefte in die Hände bekommt.

Nicht der eigentliche Einkaufsvorgang bestimmt bei Annemarie die Dauer des Einkaufs derer, die vor ihm an der Reihe sind. So viel kaufen die gar nicht ein, als dass Bedienung und Bezahlung so viel Zeit verschlingen. Es sind die Gespräche, die ausgetauschten Neuigkeiten. Dem Bauern Sailer ist die Frau durchgebrannt. Auf und davon. Das konnte doch nicht gut gehen, so wie der gesoffen hat. Aber die Erna hat ihn doch von Anfang an betrogen. Zuerst Einheiraten zum Reichsten im Dorf, und ihn dann mit jüngeren Männern hintergehen. Was blieb denn, wenn, hier wurde das Gespräch leiser, im Bett nichts los war, was blieb ihm dann noch, dem Sailer Max, außer dem Bier?

So oder so ähnlich werden sie gesprochen haben, denkt der Herr Gerichtspräsident, wohl wissend, dass er nur spekuliert. Der kleine Heinrich hat vermutlich, jedenfalls zunächst, gar nicht genau zugehört. Als das Gespräch leiser wurde, da wird er zweifelsohne die Ohren gespitzt haben.

Vornehmlich aber ist der kleine Heinrich genervt, lässt ungeduldig die Blicke umherschweifen und sieht das Schild. Ein Emailleschild, in seiner späteren Erzählung wird Kleinheinrich einfach Schild sagen, ein Schild, „Kunde mitbringen verboten" ist darauf zu lesen, in einer für Heinrich ungewohnten Schreibschrift, aber klar zu entziffern. Zunächst wird er nachgedacht haben, der Zehn- oder Elfjährige. Doch dann kommt ihm die Erkenntnis. Heißt es nicht im Weihnachtslied „Hirten erst kundgemacht". Kunde mitbringen bedeutet kundmachen, etwas mitteilen. Die schöne Sprache der stillen Nacht. Und das in diesem Dorf! Aber warum das Verbot?

Wieder zurück bei der Familie in der Stadt, gibt es nur ein Thema. Annemarie, der Dorfladen und das Verbotsschild. Der junge Heinrich hat nochmals nachgedacht. Die Weihnachtsbotschaft, die wird kundgemacht. Bei dieser Kunde geht es um etwas Göttliches, verkündet durch die Engel. Das im Dorfladen ist überflüssiges, manchmal bösartiges Gequatsche. Das sollten sie sein lassen. Hätte man sich an dieses sinnvolle Verbot gehalten, hätte er nicht so lange warten müssen. Ich glaube, so wird Heinrich gesagt haben, ich glaube, die Frauen haben den Sinn gar nicht verstanden. Aber die Annemarie, die musste doch wissen, was sie da verbot. Die hat aber auch mitgemacht. Eigentlich war sie die Schlimmste. Es war ihr Laden. Wahrscheinlich, ja, so musste es gewesen sein, wahrscheinlich stammte das Schild noch von einem Vorbesitzer, und die Annemarie hatte es unbeachtet und unverstanden einfach hängen lassen.

Zuhause amüsieren sie sich, behaupten, es heiße nicht „Kunde", sondern „Hunde" mitbringen verboten. Nicht einmal ein Schild kannst Du richtig lesen, sagt der große Bruder.

Heinrich aber blieb bei seiner Auffassung, auch als er älter wurde, betrat aber nie mehr den Laden. Was war ein Betretungsverbot für Hunde gegenüber einem so edel formulierten Schild mit seiner humanen Botschaft, sich nicht beständig über den anderen „das Maul zu zerreißen". Was waren die Behauptungen seiner Familie gegen die Vorstellung, Annemarie habe jeden Tag unverfroren gegen den Anspruch ihres Verbotsschildes verstoßen oder gegen den Gedanken, sie sei womöglich, welche Tragik, gezwungen gewesen, jeden Tag dagegen zu verstoßen. weil ohne Ratsch und Tratsch diese Kunden gar nicht mehr in ihren Laden gekommen wären. Welche Idee, das Schild wenigstens als Mahnung im Laden zu lassen, obwohl beständig dagegen verstoßen wurde.

Selbst heute, über 50 Jahre danach hält Heinrich daran fest, dass auf dem Schild „Kunde mitbringen verboten" zu lesen war. Auch wenn sein Verstand gelegentlich daran zweifelt, sein Gefühl lässt ihn standhaft bleiben. Das ist er dem kleinen, verlachten Heinrich und der Idee von einer Welt ohne üble Nachrede, das ist er sich selbst schuldig.

10. Kapitel

Über Entdeckungen

Vierzehn Tage abschalten. So wie vom Arzt verordnet. Müßiggang, kein Ziel verfolgen. Daran wollte sich Heinrich halten. Heidrun hatte sich ein paar Tage frei genommen. Schließlich kannte sie, wie sie sagte, doch am besten die geeigneten Routen in der näheren Umgebung, um spazieren zu gehen, zu wandern oder zu radeln.

Den Gedanken, Heinrich zu ermuntern, Nordic Walking zu erlernen, gab Heidrun bald auf. Heinrich hielt ihr entgegen, der Stress, sich in einer neuen Lauftechnik versuchen zu sollen, schade womöglich nur. Auch zum Joggen ließ er sich nicht bewegen. Erinnerst Du Dich noch, als ich wegen eines Fußballspiels täglich beim Joggen war? Und? Was hat es gebracht?

Ansonsten aber, so stellte Heidrun erfreut fest, fand Heinrich durchaus Gefallen an dem Projekt, einzelne Bereiche der näheren Umgebung zu erkunden, insbesondere wenn sie zunächst einige Kilometer mit dem Auto unterwegs waren, um anschließend noch ein wenig zu wandern.

Zum ersten Mal lernte Heinrich, so kam es ihm vor, das landschaftlich reizvolle umliegende Hügelland kennen, fuhr durch Ortschaften, von denen er bisher nie oder allenfalls aus Gerichtsakten gehört hatte, entdeckte eine Vielzahl von Gastwirtschaften und Biergärten, ja sogar am Rande einer ländlich geprägten Gemeinde außerhalb des Gerichtsbezirks den Golfplatz, den ihm ein Bekannter bereits empfohlen hatte, verbunden mit dem Bemerken, diejenigen, die dort inmitten von Landwirtschaft und Wald spielten, seien „ganz normal und natürlich", nicht die Wirtschaftskriminellen aus den Fernsehkrimis, mit denen sich Heinrich nicht einlassen wollte.

Da liegen ja lohnende Ziel vor meiner Nase, dachte er. Ich kenne meine Umgebung nicht, nicht einmal meine unmittelbare Nachbarschaft. Bei Spaziergängen, zu denen sie direkt von ihrem Reihenhaus aus aufbrachen, begegneten ihnen Leute, die seine Frau und, eher als Anhängsel, auch ihn freundlich grüßten und Heinrich dazu veranlassten, Heidrun zu fragen, wer denn das gewesen sei. Ach, sagte diese leichthin, die kenne ich von der Skigymnastik. Oder: Die Familie ist letzten Sommer in das grün angestrichene Eckhaus eingezogen. In solchen Momenten nickte Heinrich und nahm sich vor, demnächst zu erkunden, welches Eckhaus in der Nähe grün angestrichen (worden) war. Verstohlen sah er sich um. Zu ihrer unmittelbaren Reihenhauszeile gehörte es jedenfalls nicht.

Nach den ersten paar Tagen ging Heidrun wieder zur Arbeit. Heinrich versicherte ihr, er fühle sich schon besser, übrigens eine wahrheitsgemäße Aussage, weil Heidrun nicht mehr metallisch-scheppernd, sondern wieder vertraut klang. Er werde allein zurechtkommen und könne ja die eine oder andere Aufgabe übernehmen.

Heinrich versprach, sich keinen berufsbedingten Aufgaben zu widmen und nicht einmal seine dienstlich eingegangen Mails zu lesen. Die Übernahme einzelner häuslicher Arbeiten stehe seiner Genesung aber sicher nicht im Wege. Wenn Du willst, kannst Du Dich natürlich nützlich machen. Ich bin gespannt, was Dir in den Sinn kommt. Heidrun lächelte. Eine Anregung hätte ich. Du könntest den Einkauf übernehmen.

Einkaufen, das erledigte ja sonst Heidrun. Außerdem: Drohte in diesen großen Einkaufsläden nicht eine arge Reizüberflutung, sei es eine plötzliche Lautsprecherdurchsage oder Musik, die sein Ohr beleidigte statt zu besänftigen?

Im Bio-Markt in der Thomas-Mann-Straße brauchst Du keine Angst zu haben. Nach dieser Erklärung war Widerstand zwecklos. Ein Bio-Markt! Heinrich wusste gar nicht, dass Heidrun dort einkaufte, vermutete aber eine gewisse Überschaubarkeit. Jedenfalls würde er sich besser zurechtfinden als in diesen Riesencentern mit ihrer unübersehbaren Fülle von Produkten, die, so schien es ihm, bereits das Entdecken der richtigen Milchsorte zu einer Herausforderung werden ließ.

Hatte sich nicht neulich sogar Heidrun vertan? Genau hatte er nicht zugehört. Jedenfalls hatte sie erzählt, sie habe zwar die fettarme Milch von irgendwelchen glücklichen Weideкühen aus dem Voralpenland eingekauft, aber übersehen, dass diese lactosefrei war, eine Eigenschaft, die sie beide gar nicht nötig hätten, weil sie nicht an Lactoseunverträglichkeit litten. Ist die Milch jetzt schädlich, hatte er Heidrun gefragt, oder schmeckt sie anders? Als sie verneinte, hatte er nur „Na, dann ist's ja gut" gemurmelt und sich wieder in die Gerichtsberichterstattung der Regionalzeitung vertieft.

§ 11   Lieben heißt Leiden

Felix war auf Wanderschaft. Allein, wie stets. Eine Dreitagesreise lag vor ihm. Der Weg war ihm vertraut, er hatte die Strecke schon des Öfteren bewältigt. Felix wusste, wo er ein Nachtlager finden konnte. Ebenso kannte er die Gelegenheiten und Örtlichkeiten, um seinen Hunger zu stillen. Das Speisenangebot wechselte, jahreszeitlich bedingt, stets regionale Produkte.

Die Herrschaftsgebiete waren kleinteilig. Etwa eine Tagesstrecke, dann galt es, einen der hohen Zäune, die ein Territorium vom anderen trennten, zu überwinden. Eine irreführende Redewendung, zugegeben. Felix überwand nicht, meist unterwanderte er, grub ein Loch und schlüpfte unter dem Zaun hindurch.

Sein Ziel war klar. Er verfehlte es nie. Stets galt es, zu Adelheid zu gelangen. Das letzte Stück des Weges war das schwierigste, weil beschwerlichste. Er musste über die Holzbrüstung gelangen. Musste er? War es nicht vielmehr seine Entscheidung, sein Stolz? Felix wollte von Adelheid bewundert werden, glaubt der Autor. Sich einfach in ihr Reich hinein zu buddeln, das wäre viel weniger spektakulär gewesen als über die Brüstung zu kommen. Bereitwillig teilte die Geliebte denn auch mit ihrem Helden, was vorhanden war und nahm ihn immer wieder auf.

Wie Felix die Holzbrüstung überwand, der Verfasser dieser ihm gewidmeten Hommage weiß es nicht. Weder hat es ihm Felix je verraten können noch ist es aus den Gesamtumständen, heißt der Summe aller verfügbaren Erkenntnisse, zu erschließen. Wann Felix jeweils bei Adelheid eingetroffen ist, lässt sich dagegen leicht bestimmen. Untertags war die Gefahr groß, entdeckt zu werden. Adelheids Zuhause wurde beobachtet. Bis in die einsetzende Dämmerung hinein. Bis dahin kam Felix nicht aus seiner Deckung, hielt sich im Gebüsch versteckt. Es galt zu warten, geduldig zu sein, auf keinen Fall entdeckt zu werden, bevor er Adelheid getroffen hatte. Wie gesagt: Das letzte Stück war das schwierigste.

Die ersten beiden Tagesetappen waren dagegen vergleichsweise leicht zu bewältigen. Die Herrscher des Ausgangsterritoriums behaupteten zwar wortreich, alles zu unternehmen, um die Wanderungen des Felix zu unterbinden. Es sei für sie ein Rätsel, wie es ihm immer wieder gelinge, sich davonzustehlen. In Wahrheit aber waren ihre Sicherheitsmaßnahmen offenkundig lasch, Kontrollen ein Fremdwort. Im Gegenteil. Immer wieder konnte Felix Schlupflöcher entdecken, die eigens geschaffen worden waren, um ihm die Ausreise so zu erleichtern, dass er nicht einmal graben musste.

Derartige Machenschaften vermutet jedenfalls der Autor dieser Zeilen, ein Zeitzeuge, der seinerzeit, wie er anführt, noch ein Kind war, zu klein, um verantwortlich zu sein.

66

Die zweite Etappe war nahezu ein Kinderspiel. Kontrollen fehlten völlig. Die Verantwortlichen kümmerten sich um nichts. Sie beklagten aber später die, wie sie behaupteten, durch die Durchreise entstandenen Schäden und stellten den Herrschern des Ausgangsterritoriums Rechnungen, in denen alles penibel aufgelistet war, jeder von Felix verzehrte Salatkopf eingeschlossen.

Bei Adelheid blieb Felix meist nur eine Nacht. Die Regierenden waren auf der Hut. Felix war unerwünscht, Adelheid genügte ihnen. Nahezu jeden Morgen durchsuchten sie ihr Haus, entdeckten den Einwanderer und versuchten, ihn so rasch als möglich wieder an seinen Ausgangspunkt zurückzuliefern. Die dort Herrschenden prüften seine Identität allerdings ausgesprochen sorgfältig, bevor sie ihn als „ihren Felix" zurücknahmen, stets mit dem Ausdruck des Bedauerns. Sie waren vorsichtig geworden, hatte doch einer der Ihren leichtfertig einen vermeintlichen Ausreißer als Felix angenommen, ohne genauer auf dessen Zugehörigkeit zu achten. Der Ärger war gewaltig gewesen. Demgegenüber waren die wiederkehrenden, aber bereits zur Routine gewordenen Verhandlungen mit den Verantwortlichen des Durchgangsterritoriums über Kosten, die in dieser Höhe niemals entstanden sein konnten, geradezu ein Vergnügen.

Wie erging es Felix? Hätte man ihn nicht bei seiner Adelheid bleiben lassen sollen statt das Paar immer wieder zu trennen? Nein, heißt es in dem jüngst erschienen Aufsatz eines Verhaltensbiologen. Dieser erklärt, es gehöre zum Wesen der Landschildkröten, auch der in einem Gehege gehaltenen, gerne auf Wanderschaft zu gehen. Die Schildkröte liebe die Herausforderung. Sie lebe zwar weitgehend monogam, brauche aber den Wechsel zwischen kurzer Begegnung, Trennung, Sehnsucht und erneutem Aufbruch. Einer Liebe ohne die Erfahrung des Leidens fehle, gerade bei der Schildkröte mit ihrer langen Lebensdauer, die wahre Tiefe. Sie sei nichts wert. Zum Wesen wahrer Leidenschaft gehöre, dass sie Leiden schaffe, meint der Professor, ersichtlich stolz auf seinen, wo auch immer abgeschriebenen, Wortwitz.

Der Autor dieser Zeilen zweifelt. Ist die professorale These nicht arg beschönigend, beschwichtigend? Dient sie dazu, das schlechte Gewissen der Verantwortlichen zu beruhigen?

11. Kapitel

Über weitere Entdeckungen

Heinrich stieß an seine Grenzen.

Es begann mit dem Einkaufszettel, den ihm Heidrun zusammengeschrieben hatte. Du kannst in den Bio-Markt gehen, es ist aber auch Wochenmarkt am Dreifaltigkeitsplatz. Schau einfach, wo Du was bekommst.

3 Rote Bete, gekocht, stand da zu lesen. Das war schwierig. Im Bio-Markt erwartete er Selbstbedienung. Hoffentlich war alles gut beschildert. Nicht dass er selbst herausfinden musste, ob die ausliegenden Waren gekocht oder roh waren. Fand sich da eine Verkaufskraft, die man fragen konnte? Und selbst wenn, wie peinlich! Vielleicht konnte er durch einen Blick ins Internet klären, ob sich rohe oder gekochte Rote Bete im Aussehen auseinanderhalten ließen.

Am Wochenmarkt würde er von vornherein bedient werden. Dort konnte er einfach 3 gekochte Rote Bete verlangen. Die Verantwortung, zwischen roh und gekocht unterscheiden zu können, lag dann bei der Verkäuferin. Das erschien Heinrich als elegante Lösung, bevor ihm auch hier Zweifel kamen. Könnte die Sprache den Laien verraten? Sollte er lieber 3 Kopf Rote Bete sagen? So wie man sich beim Salat einen „Kopf" nahm? Wahrscheinlich fielen Rote Bete gar nicht in die Kategorie Salat. Waren das Rüben? Heinrich beschloss, auf dem Wochenmarkt einfach „3 Stück rote Bete, gekocht, bitte" zu verlangen. „Stück", dieser Begriff konnte nicht falsch sein.

Hätte es ihm seine Erziehung nicht verboten, Heinrich hätte geflucht. Der Einkauf war erledigt, die beiden Butterbrezen, die er sich beim Bäcker besorgt hatte, waren gegessen. Jetzt ein schattiger Platz für den Liegestuhl und geruhsames Studium der nächsten zwanzig Seiten jenes Romans, dessen Schicksal, ob weitergelesen oder verworfen, vom Gefallen dieser zwanzig Seiten abhing. So wie ihm sein Arzt geraten hatte.

Erstaunlich! Jetzt um die Mittagszeit fand sich gar kein liegestuhlgeeignetes beschattetes Plätzchen im Garten. Dort, wo der Zwetschgenbaum ein wenig Schatten spendete, war der Teich angelegt. Außerdem lag ein Teil des

Gemüsebeets im Schatten. Heinrich beschloss, sich nicht in die pralle Sonne zu legen, auf die frische Luft fürs erste zu verzichten, sich ins Haus zu verziehen und systematisch, das heißt jede Stunde, die Schattenlage zu überprüfen. Die Terrasse war im Augenblick auch keine Alternative. Unter der Terrassenmarkise war es erstickend heiß.

Ungeachtet dessen, dass sich das Wohnzimmersofa als erstaunlich bequem erwies, um „Nennt mich Enßlin" von Hans Faul[12] zu lesen, bereiteten die stündlichen Lektüreunterbrechungen eine Enttäuschung nach der anderen. Als der Schattenwurf, der vom Nachbargrundstück ausging, auf den eigenen Rasen fiel, und sich damit geeignete schattige Standorte abzeichneten, waren diese schon gar nicht mehr attraktiv, weil sich inzwischen die Temperaturen in der Spätnachmittagssonne als angenehmer erwiesen als die im Schatten, jedenfalls dann, wenn an T-Shirt samt kurzer Hose als alleiniger Oberbekleidung festgehalten und auf Socken und Decke verzichtet wurde.

Noch ist es ja nicht so weit, dass ich mir Gedanken über geeignete Liegestuhlplätze im Garten machen müsste, sagte sich Heinrich. Wenn ich wieder im Dienst bin, habe ich dafür gar keine Zeit. Später aber müsste der Garten auf der Basis entsprechender Berechnungen zum Schattenwurf im Jahreslauf neu gestaltet werden. Im Hochsommer genügend Schatten, im Frühling und Herbst ausreichend sonnige Plätze, war das zu schaffen?

Den von allen geliebten Zwetschgenbaum würde man nicht antasten dürfen, und auch die Beschattung der Gemüse- und Blumenbeete war zu bedenken. Im Zweifel den Teich zu opfern, wäre eine Option. Die nötige Planung würde Zeit brauchen. Ich glaube, dachte Heinrich, ich muss doch früher als gedacht damit beginnen. Zunächst, sagte er sich, hatte er mit Heidrun zu sprechen.

---

[12] Es ist uns bewusst, dass eine Vielzahl von Leser*innen, insbesondere vermutlich der älteren Generation, bereits festgestellt hat, dass hier auf einen bestimmten Roman Bezug genommen wird. Wenn wir jetzt dieses Werk nennen (Max Frisch, Mein Name sei Gantenbein), wollen wir als Herausgeber*innen lediglich kundtun, dass auch wir das bemerkt haben. All denen, denen dieser Roman nichts sagt, sei versichert, dass sie für die verfehlte Stoffplangestaltung im Deutschunterricht der letzten Jahrzehnte keine Verantwortung tragen. Die Herausgeber*innen

§ 12 Mausetot ist nicht die Maus

Wenn ich heute darüber nachdenke, ich, der Onkel, so weiß ich, welchen Fehler ich begangen habe. Und das nur, um aus der Nummer wieder herauszukommen. Eine rechtliche Verpflichtung hatte ja auch gar nicht bestanden. Das ist offenkundig. Was ich auf freiwilliger Basis begonnen hatte, aus einer Laune heraus, das konnte ich auch wieder beenden. Jederzeit. Ich brauchte mich nicht zu rechtfertigen, war keine Erklärung schuldig.

Wahrscheinlich wäre Ehrlichkeit besser gewesen. Brutal ehrlich hätte ich sein sollen. Ein gewisses Gejammere hätte es sicher gegeben. Das wär's dann aber auch gewesen. Zumindest die halbe Wahrheit hätte er verkraftet. Ich hätte ja nicht unbedingt zugeben müssen, dass ich mich genierte, als erwachsener Mann diese Zeitschrift zu kaufen. Die halbe Wahrheit, das wäre richtig gewesen. Sie wäre auch pädagogisch, wie mir mein Schwager, und der ist ja schließlich der Vater, wie mir also mein Schwager versichert hat, diese, nennen wir es Teilwahrheit, wäre pädagogisch gut zu akzeptieren gewesen, wahrscheinlich sogar eine wichtige Erfahrung.

Ich weiß, hätte ich sagen können, ich weiß, dass Du genügend Geld hast. Du bist jetzt schon richtig groß und vernünftig, kannst mit Geld gut umgehen, da bin ich ganz sicher. Und was Du alles für Deine guten Zeugnisnoten bekommst. Da können sich andere aber eine Scheibe abschneiden, hätte ich sagen können und hätte dabei ein wenig vorwurfsvoll zu seinem großen Bruder hinübergesehen. Das hätte ihm sogar sofort gefallen, auch wenn er ansonsten gewiss geschluckt hätte.

Schau, Heinrich, hätte ich gesagt. Du brauchst mich gar nicht, um Micky Maus-Hefte zu bekommen. Kauf sie Dir einfach selber. Dann hast Du immer gleich die neueste Ausgabe.

So aber.... Ich dachte, ich könnte die Sache mit einem billigen Trick zu Ende bringen. Hielt ich ihn für so dumm, dass er alles für bare Münze nehmen würde? Oder gar für so „erwachsen", dass er das Ganze durchschauen und einfach mitspielen würde? In der Tat: Er hat es durchschaut, und er hat mitgespielt, zähneknirschend und nachtragend.

Die Micky Maus ist in München überfahren worden. Micky Maus ist mausetot, so steht es in der Zeitung, behauptete Onkel Fritz und zeigte mir, seinem Neffen, kurz die Schlagzeile, daneben das Bild einer Micky Maus. Es war die Zeitung, die mein Vater stets als Schund bezeichnete. Einzig der Sport taugt was, sagte er immer. Wenn die Micky Maus tot ist, kann man auch keine Geschichten mehr über sie erzählen, erklärte mir der Onkel. Wahrscheinlich werden die weiter die Hefte bringen, aber eben mit alten Geschichten, so wie die Wiederholungen im Fernsehen, verstehst Du? Neue kann es ja keine mehr geben. Da brauch ich Dir keine Hefte mehr mitbringen. Die alten Geschichten kennst Du ja alle. Mein großer Bruder saß mir am Esstisch gegenüber und grinste vor sich hin.

Eine Frechheit. Die wollten mich für dumm verkaufen. Ich war kein kleines Kind mehr und wusste längst, dass es die Micky Maus „in echt" nicht gab. Allerdings, und das hatte mir Claudia erzählt, gab es Leute, die in Micky Maus- Kostümen herumliefen. Die Claudia war nämlich, und das war das einzig interessante an ihr, die Claudia war schon einmal auf Verwandtenbesuch in Amerika gewesen.

So eine Micky Maus ist ja schnell tot, sagte Wilhelm, der große Bruder und grinste immer noch. Die Steigerung von tot ist mausetot. Und das kommt eben von Maus. Ein kleiner Rempler nur, und schon ist die Maus hinüber. Ich blieb ruhig, ein echter Mann eben. Zu meinem Bruder sage ich jetzt lieber nichts. Ich frage meine Lehrerin, dachte ich. Frau Kunze wird mir das mit dem „mausetot" erklären. Eine Steigerung von tot? Was soll das denn sein?

Über das Micky Maus- Alter bin ich ja schon drüber weg, erklärte ich tapfer. Das ist was für Ferdinand, sobald der in der Schule ist. Das mit der Micky Maus, das ist schade für ihn, für mich ja nicht mehr.

Ich les´ jetzt dann „Batman". Und Dir, Ferdi, Dir geb´ ich meine alten Hefte, wandte ich mich gönnerhaft an meinen kleinen Bruder. Da kannst Du Dich aber echt freuen.

Als Onkel weiß ich inzwischen, dass die Sache den Heinrich ziemlich mitgenommen hat. Zunächst hat er sich nichts anmerken lassen. Später hat er dem Wilhelm erklärt, dass er nicht so dumm sei, wie wir gemeint hätten. Da hättest Du nicht so grinsen brauchen, hat er zu ihm gesagt.

Mausetot ist nicht die Maus, sondern mein Vertrauen in Euch, habe ich, der Neffe, zu meinem Bruder Wilhelm gesagt. Dass ich mich damals tatsächlich so gewählt ausgedrückt habe, kann aber niemand bestätigen. Vielleicht, wer weiß, ist dies nur eine verklärende Erinnerung und vielleicht, wer weiß, war mein großer Bruder viel netter als es meine Kindheitserinnerung suggeriert. Später, als Erwachsene, haben wir uns ja auch verstanden. Zu dieser Geschichte befragt habe ich ihn nie.

12. Kapitel

Über sprachliche und andere Unzulänglichkeiten

Es regnete. Der Himmel war wolkenverhangen. Keine einzige Sonnenscheinminute. Schattenuntersuchungen erübrigten sich jetzt ohnehin. Die ihm verordnete Muse nutzte Heinrich vornehmlich zur Zeitungs- und Buchlektüre, unterbrochen von längeren Spaziergängen mit über 15.000 Schritten am Tag, wie seine, wie er festgestellt hatte, auch als Schrittmesser geeignete Uhr anzeige. Und das trotz des Regens!

Die genannten Aktivitäten, Akupunkturtermine zweimal die Woche eingeschlossen, genügten dennoch nicht, um den Tag auszufüllen, vor allem weil Heinrich sich daranhielt, keine dienstlichen Mails zu lesen oder sich im Gericht telefonisch nach dem Rechten zu erkundigen.

Der Verzicht auf Telefonate fiel Heinrich gar nicht so schwer wie er gedacht hatte. Wie er nach einem besorgten Anruf seines Bruders Ferdinand feststellte, klangen telefonisch übermittelte Stimmen noch ein wenig blechern, weshalb Heinrich sich kurzfasste, freilich nicht ohne von der geplanten bahnbrechenden Johannesübersetzung des Lehrers Gutspecht zu berichten. Der war doch Dein Lehrer, sagte er zu Ferdinand. Ferdinand war erstaunt. Ist der alte Gutspecht wirklich noch zu solch einer Meisterleistung in der Lage? fragte er und säte damit Zweifel an Gutspechts Projekt.

Heinrich verspürte Langeweile. Mehr als fünfzehn Seiten „Nennt mich Enßlin" waren pro Tag nicht zu schaffen, wollte man ernsthaft innehalten und über das

Gelesene nachdenken, ein Nachdenken, das sich aber durchaus lohnte. In dieser seiner trotz dieses Nachdenkens auftretenden Langeweile erinnerte sich Heinrich an sein großspuriges Versprechen Heidrun gegenüber. Hatte er nicht angekündigt, sich auf die eine oder andere Weise nützlich machen zu können?

Systematisch vorgehen! Heinrich sah sich im Hausflur um, entdeckte einige Schuhe, denen er mit Inbrunst mit Hilfe diverser Schuhcremen und Schuhbürsten, die er zielstrebig in einem Kellerschrank fand, seine Pflege angedeihen ließ.

Die Spülmaschine in der Küche war nur halb gefüllt. Hier galt es zu warten, Zurückhaltung war angebracht, kein unnötiger Wasserverbrauch. Die Anzeige verlangte zusätzlich nach „Klarspüler". Heinrich vermutete, dass damit nicht einfach das Handspülmittel gemeint war.

Auf der Wäscheleine im Keller hingen seine frisch gewaschenen Hemden. Damit ließ sich punkten, hatten sie doch bald die richtige Bügelfeuchte. Bügeln, das hatte er zuhause nach dem Tod seiner Mutter im übrig gebliebenen Viermännerhaushalt übernommen. Drei Söhne, die, sämtlich erwachsen, am Wochenende beim Vater nach dem Rechten sahen, hatten einzelne Unterstützungsleistungen unter sich aufgeteilt. Frisch ans Werk also! Halt, sagte er sich. Damit überrasche ich Heidrun beim abendlichen Fernsehprogramm.

Ich übernehme heute das Hemdenbügeln, ich kann das, erklärte er des Abends. Die Hemden habe ich mir schon aus dem Keller geholt. Wo sind denn die Bügelutensilien?

Was brauchst Du denn? fragte Heidrun zurück. Na, sagte er, das Bügelbrett und natürlich, na, wie heißt sie denn, die Bügelmaschine? Bügelmaschine haben wir keine, ich weiß gar nicht, ob wir uns eine zulegen sollten, kam es zurück. Meinst Du das Bügeleisen? Ja sicher, sagte er. Schließlich, bei den Hemdsärmeln angelangt, verlangte er nach dem „Ding, na, Du weißt schon, das Ding, mit denen sich die Ärmel besser bügeln lassen". Du willst das Ärmelbügelbrett, sagte Heidrun.

Heinrich begann zu zweifeln, zu zweifeln an sich selbst. Ich hoffe, sagte er, ich hoffe, ich habe keine Wortfindungsschwierigkeiten. Red' keinen Unsinn. Heidrun sah ihn halb erzürnt, halb amüsiert an.

Erstens, sagte sie. Wir sind doch im Tanzkreis, der hält bekanntlich geistig fit. Wer sich so gut wie Du die Figuren merkt, der ist voll auf der Höhe, der hat keine beginnende Demenz. Ganz im Sinne unseres Tanzlehrers, des Jochen, dachte Heinrich. Wie oft der die Frauen ermuntert, uns Männer gelegentlich zu loben. Und wie oft wir etwas wiederholen, und Jochen die Wiederholung mit einem geschmeidig vorgetragenen „Nomoll" einläutet, immer sehr geduldig und langmütig.

Und zweitens, fuhr sie fort und unterbrach dadurch Heinrichs Gedankengang. Was erwartest Du eigentlich? Wie willst Du Dinge benennen, mit denen Du dich nie, oder jedenfalls schon Jahre nicht mehr, befasst hast? Etwas wahrnehmen und darüber sprechen, das geht doch Hand in Hand. Wenn ich etwas nicht kenne, womöglich nicht einmal davon gehört habe, oder jahrelang damit keine Erfahrungen mehr gemacht habe, wie will ich darüber reden? Und umgekehrt: Je mehr ich über etwas spreche und in Worte fasse, was ich schon ein wenig kenne, umso besser lerne ich es kennen, weil ich es benenne, beschreibe und, um es beschreiben zu können, wiederum meine Sinne schärfe und beobachte.

Dem war nichts hinzuzufügen. Heinrich aber erkannte, was er zu tun hatte.

§ 13   Nachbarn sind sich nahe

Abs. 1   Für Nachbarn wird nicht garantiert

Das war sie, die ideale Doppelhaushälfte. Das Haus, sagte Karin, das Haus hat Ausstrahlung. Es passt einfach zu uns. Ohne Frage praktisch, der Grundriss, aber eben nicht nur. Keine kalte, reine, rechteckige Effizienz. Du weißt schon was ich meine, Erwin. In dem Haus steckt Kreativität, da richtet sich nicht alles nach dem neuesten Ikea-Katalog. Da gibt es auch Ecken und Kanten, wobei, Ecken sind es eben gerade nicht, das Besondere ist ja oft rund oder in diesem Haus sogar auch elliptisch, da brauchst Du, und das ist doch das Schöne dran, da brauchst Du eine passgenaue Möbelanfertigung. Genau das Kommödchen, das da hinpasst. Und weißt Du, Erwin, wenn wir dann genau dieses Kommödchen anfertigen lassen, nach unseren Wünschen, genau unser Kommödchen, dann stärken wir ja auch wieder den echten Handwerker, den Schreiner vor Ort, der noch etwas Eigenes schafft, nicht den austauschbaren Fabrikschreiner.

Erwin nickte. Unser Glück wird teuer, dachte er. Aber musste einem nicht jedes Glück teuer sein. Dank seiner Erbschaft ließ sich das Haus, genauer gesagt die Haushälfte gut finanzieren. Mit einem langweiligen, älteren großstädtischen Reihenmittelhaus mit kleinem Grundstück im Nachlass der Tante, damit ließ sich angesichts der dortigen Quadratmeterpreise diese neu errichtete, etwas ausgefallene Doppelhaushälfte (ein Erkerchen hier, zwei griechisch-römisch anmutende Säulen dort) problemlos finanzieren. Karin konnte als Lehrerin an die Grundschule im Nachbardorf wechseln, er weiter als Finanzbeamter arbeiten.

Ja, es ist etwas Besonderes, was ich Ihnen hier anbieten kann, warb Herr Schuster, der Verkäufer, der inzwischen eingetroffen war. Mit unserem postmodernen Stilpluralismus setzen wir Maßstäbe, da sind wir und gewiss dann auch Sie als Eigentümer stolz darauf, fuhr er fort, um, sensibel für die Reaktion der Zuhörer, die er mit seinem postmodernen Gerede ein wenig erschreckt zu haben befürchtete, um dann sogleich anzufügen: „Dieses Haus ist etwas Besonderes, aber es passt, und das ist seine Philosophie, es passt hervorragend gerade hierher. Wir wollen doch nicht, dass Sie zum Außenseiter werden." Beinahe hätte er, von seiner genialen Jovialität begeistert, Karin und Erwin bei diesen Worten aufmunternd auf die Schultern geklopft, konnte aber gerade noch abbremsen, bevor er Karins Schulter berührte.

Deshalb, so dozierte er weiter, deshalb nehmen wir auch ortsübliche Elemente mit in die Komposition. Das Interessante: Wir mischen die Stilelemente. Von allem das Beste! Und deshalb wird vom Bauamt auch das dorisch angehauchte Säulchen akzeptiert, das Sie, ich habe es schon bemerkt, dass Sie so schätzen, gnädige Frau. Karin errötete bei dieser Anrede ein wenig, was Erwin sogleich bemerkte und als erneuten Beweis dafür wertete, wie „süß" sie war.

Das Säulchen, sagte der Verkäufer inzwischen, dieses Säulchen, ebenso wie das andere, ionisch angehauchte, ein solches Säulchen wird gerade deshalb als Bereicherung gesehen und gebilligt, weil es sich an das gewohnte süddeutsche Walmdach anschmiegt. Ohne Walmdach keine Säulchen! Und mit diesem

Walmdach gehören Sie genauso zur Dorfgemeinschaft wie die anderen, obwohl Sie ja etwas Besonderes Ihr Eigen nennen dürfen.

Spüren Sie die friedliche Ruhe? Der Verkäufer sprach nicht von einer „himmlischen" Ruhe, weil er sich nicht sicher war, wie das Wort „himmlisch" aufgenommen würde. Die Religionsferne hatte zugenommen. Friedlich wie Friedensbewegung, das würde ankommen. Spüren Sie die friedliche Ruhe, die über dem Ganzen liegt? wandte sich also Herr Schuster, Typus „alte Schule", grau-blauer Anzug, das schwarze Haar von grauen Strähnchen durchzogen, an Erwin. Anders als bei ihr bedurfte es bei ihm noch ein wenig der Überzeugungsarbeit. Kein Durchgangsverkehr, keine Überflüge. Sehen Sie die Felder ringsum. Durchgängig biologischer Anbau. Da werden keine Pestizide verspritzt. Und wenn zur Ernte gelegentlich ein Traktor unterwegs ist, na wenn schon. So etwas klingt ja wie Musik in den Ohren jedes umweltbewussten Bürgers, dem an Nachhaltigkeit gelegen ist. Was wünschen wir uns denn mehr als eine gute Ernte für unsere veganen Bedürfnisse?

Auf den Kunden einzugehen, darauf verstand sich Schuster. Längst hatte er recherchiert, dass Erwin für die Hellgrünen zum Kreistag kandidierte, die Kasse der Bürgervereinigung gegen Vermüllung durch Lärm verwaltete und jüngst eine Online-Petition zur Besserstellung veganer Produkte beim Umsatzsteuersatz gestartet hatte.

Erwin war angetan. So sehr ihn die Haarfarbe des Verkäufers irritierte, er fragte sich, ob die Haare gefärbt waren, und wenn ja, welche Inhaltsstoffe das Färbemittel aufwies, so sehr schien der Mann doch ansonsten die richtige Gesinnung aufweisen zu können. Karin wollte das Haus, das war offensichtlich. Am Ende des Tages würden sie es kaufen. Gleichwohl. Eine Nachfrage war er seinem eigenen Anspruch an sein kritisches Bewusstsein noch schuldig.

Eine Doppelhaushälfte, die hat ein gravierendes Problem, bemerkte er und nahm eine nachdenkliche Attitüde an. Ich denke an die zukünftigen Nachbarn. Mit denen teilt man sich ja das Haus. Ich verstehe Ihre Sorge, beeilte sich der Verkäufer zu versichern. Die richtige Zusammenstellung der „Hauspartner", das ist auch uns ein ganz wichtiges Anliegen, auch wenn wir, wie Sie sicher verstehen, für die Qualität des Nachbarn keine Haftung übernehmen können. Wir wollen aber selbstverständlich zufriedene Kunden, sagte er und rasch fügte er etwas hinzu, was ihm später eine Portion Ärger einbringen sollte. Hinter der Mimik des Finanzbeamten andauernde Skepsis vermutend und in Sorge um den

Verkaufserfolg, er musste das Doppelhaus endlich mal loswerden, aus dieser Sorge heraus versprach er, was er noch nie versprochen hatte. Wir binden Sie selbstverständlich in die Entscheidung darüber ein, an wen wir die zweite Hälfte verkaufen, verkündete er.

Ach, sagte Erwin, in dem jetzt der penible Finanzbeamte zum Vorschein kam, ach, wie wollen Sie denn das bewerkstelligen? Bekommen wir ein Vetorecht? Schuster erschrak. Ich hatte gedacht, wir stellen Ihnen die Interessenten vor. Und wenn es dann gar nicht passt, ja dann... Dann was? insistierte Erwin. Manchmal kann er schon penetrant sein, dachte Karin. Der wird doch nicht etwa vom Kauf abspringen? Wir müssen das schon irgendwie juristisch festklopfen, hörte sie Erwin gerade sagen. Stellen Sie sich vor, Sie würden einfach jeden ablehnen, nur weil Sie absolut keinen Nachbarn wollen, erwiderte Schuster. Wir wollen die zweite Haushälfte schon auch noch verkaufen können.

Schuster überlegte. Vorschlag zur Güte, sagte er. Sobald Sie zwei Interessenten abgelehnt haben, müssen Sie den dritten nehmen. Darauf konnten sie sich verständigen, und so kam es zum Kauf, auch wenn der Notar die Stirn runzelte, die Parteien ausdrücklich darauf aufmerksam machte, die Klausel sei ungewöhnlich, es habe sich auch keine höchstrichterliche Rechtsprechung zur Wirksamkeit einer solchen Bestimmung finden lassen, und in das Vertragswerk aufnehmen ließ, er, der Notar, habe die Parteien über das Risiko auch ausdrücklich belehrt.

Abs. 2   Im Nachbarstreit empfiehlt sich Einigung

Gott sei Dank. Schuster atmete auf. Nach einer ersten Ablehnung hatten Karin und Erwin gegen den zweiten Vorschlag, Emily und Kurt, nichts einzuwenden. Emily, die Erzieherin konnte mit Karin fachsimpeln und Kurt, der Ingenieur, entwickelte Windkraftanlagen, ein Umstand, der ihn für Erwin per se schon zu einem besseren Menschen machte.

So schien denn alles bestens und beide Paare machten sich daran, ihre Haushälfte einzurichten und den Garten zu gestalten, bis ...

Zunächst war das sich anbahnende Drama nicht erkennbar. Karin und Erwin waren 14 Tage lang Radwandern über die Schwäbische Alb gewesen und am letzten Tag der Osterferien, es war ein für die Jahreszeit bereits ungewöhnlich heißer Tag, am frühen Nachmittag wieder zuhause eingetroffen. Karin hatte geduscht und betrat das Schlafzimmer. Erwin stand auf dem Balkon und blickte in Nachbars Garten. Zunächst entdeckte er Emily. Erstmals sah er sie im Bikini, braungebrannt, wohlproportioniert. Schlank, aber keineswegs dürr. Voll Wohlgefallen ruhte sein Blick auf ihr. Mit seiner geliebten Karin konnte sie gut mithalten. Na, was gibt's zu sehen, rief ihm Karin zu. Emily beim Sonnenbaden, rief er fröhlich zurück und korrigierte sich sogleich. Nicht beim Sonnenbaden, beim Schwimmen! Die Nachbarn hatten einen Swimmingpool in ihrem Garten errichtet, in den Emily gerade hineinstieg.

Cool, dachte Erwin. So ein Swimmingpool hat schon was. Nach der staubtrockenen Arbeit im Finanzamt abends noch ein paar Runden im eigenen Pool. Erfrischend. Soeben stieg Emily wieder aus dem Pool. Ein schöner Anblick, wie die Wassertropfen an ihren Oberschenkeln entlang hinunter zu Boden rannen. Erwin seufzte. Von der ökologischen Seite her besehen war das Ganze vermutlich nicht unproblematisch. Inzwischen warfen ihm manche Konkurrenten auf der Kreistagsliste seine Doppelhaushälfte auf dem Land vor. Warum hatte er keine Altbauwohnung in der Stadt?

Ich mach mir nichts aus einem Pool, sagte Karin. Außerdem passt die Stahlrahmenkonstruktion nicht zum Haus, ergänzte sie ihre Aussage, nachdem sie einen kurzen Blick in den Nachbargarten geworfen hatte. In diesem Augenblick setzte ein Geräusch ein, welches Erwin später als äußerst scheppernd, dröhnend und unangenehm brummend beschrieb.

Nach 30 Minuten kehrte wieder Ruhe ein. Karin und Erwin saßen auf der Terrasse und tranken Kaffee. Die Umwälzpumpe, sagte er. Die ist viel zu laut. Ich muss mit Kurt reden. Das kann man in den Griff bekommen.

Kurt war erstaunt. Die Pumpe – laut? Hör doch mal her, sagte er zu Erwin. Nicht einmal unmittelbar daneben kommt sie über, sagen wir mal, 30 Dezibel. Ich bin doch Ingenieur. Da kenn ich mich aus. Tut mir leid, Erwin. Emily hat sich für den Sommer so sehr einen Pool gewünscht. Da haben wir uns kurzfristig einen zum Selberbauen zugelegt, ist ja für mich auch kein Problem. Jetzt kommt Ihr aus dem Urlaub, und das Geräusch ist neu für Euch. Wirst sehen, da gewöhnt Ihr Euch schnell daran.

Erwin gewöhnte sich nicht daran. Unabhängig davon, wo er sich aufhielt, ob auf der Terrasse, in der Küche oder im Wohnzimmer, auch bei geschlossenem Fenster, überall war sie zu hören. Erwin wartete eine Woche ab, kontrollierend, wann und wo er was hörte. Daran konnte man sich nicht gewöhnen, war sein Fazit. Das Pumpenbrummen wurde immer nerviger. Auch Karin hörte es. Das kann schon stören, bestätigte sie. Also, sagte Erwin zu Kurt, es tut mir leid, wir können das Pumpengeräusch so nicht akzeptieren. Überprüf doch bitte Deine Pumpenkonstruktion. Du hast die Pumpe freistehend angelegt. Ich meine, das geht so nicht. Ich hab´ mal im Internet recherchiert. Es gibt geeignete Kisten, Pumpenkisten oder auch Schallschutzhauben.

Das war doch wirklich die Höhe. Jetzt gab ihm der Finanzbeamte technische Tipps, aus dem Internet! Ihm, dem Ingenieur. Kurt bewahrte die Ruhe. Danke, Erwin, danke für Deine Recherche. Du darfst aber auch nicht alles glauben, was im Internet steht. Mir ist an guter Nachbarschaft ja wirklich etwas gelegen. Deshalb: Auch wenn meine Konstruktion allen Vorgaben genügt und die Pumpe eigentlich kaum zu hören ist, ich lass mir was einfallen, damit Ihr wirklich gar nichts mehr hört. Am Ende, sag ich Dir, am Ende wirst Du das Pumpengeräusch noch vermissen.

Erwin vermisste freilich nichts. Vornehmlich von seinem Balkon aus beobachtete er die Konstruktionsbemühungen des Nachbarn. Von hier oben sehe ich genau, was er macht, sagte er zu Karin. Der Herr Ingenieur, der sich zu fein ist, bereits entwickelte und bewährte Lärmdämmungen zu nutzen. Schau, jetzt buddelt er ein Loch. Karin blieb gelassen. Was regst Du Dich denn so auf, Schatz? Der Kurt wird schon wissen, was er tut. Wir sind doch sonst auch nicht so auf Industrieproduktion aus.

Auf dem Nachbargrundstück wurde ebenfalls diskutiert. Kurti, warum machst Du Dir denn solche Mühe? Ein Loch ausgraben, eine eigene Holzkiste basteln, Dämmschaum besorgen, willst Du am Ende alles noch mit unseren alten Handtüchern umwickeln? Besorgen wir einfach eine solche Schallschutzhaube, dann ist er zufrieden, der Erwin, hieß es. Emily, das ist gar keine schlechte Idee, erklärte Kurt, bezog diese Äußerung aber nicht auf den Erwerb einer Schallschutzhaube, sondern auf die Handtücher. Die Handtücher sind das letzte Glied in der Lärmschutzkette! Der Erwin wird sehen, was in mir steckt.

Erwin sah es wohl, bewertete Kurts Werk allerdings als Stümperei. In seiner grenzenlosen Selbstüberschätzung wagte dieser Kurt tatsächlich zu behaupten, die Pumpe sei nicht mehr zu hören. Er, Erwin, vernahm sie bis ins Schlafzimmer hinauf, jedenfalls bei geöffneten Fenstern. Und selbst seine geduldige Karin, die um des lieben Friedens willen manches hinzunehmen bereit war, bestätigte ihm, dass auch sie „schon noch etwas" höre. Von wegen geräuschlos! Um die deutsche Windkraftbranche musste es einem bei solchen „Fachkräften" wie Kurt angst und bange werden. In seiner verbohrten Rechthaberei verweigerte der jede weitere Nachbesserung.

Abs. 3   Das Gericht hilft nur bedingt

Erwin und Karin beschritten den Rechtsweg. Sie verklagten Kurt und Emily auf Unterlassung der Verursachung von Pumpgeräuschen. Das Recht erläuterte Erwin seiner Frau, das Recht muss dem Unrecht nicht weichen. Karin hatte zögerlich zugestimmt. Ihr Mann war in letzter Zeit unerträglich. Beständig wartete er auf das Geräusch der Pumpe, welches sie selbst meist erst dann vernahm, wenn Erwin sie darauf aufmerksam machte. Erwin führte Buch, wann die Pumpe wo im Haus oder im Garten zu hören war. Vielleicht, so hoffte Karin, würde das Gericht dem Streit ein Ende setzen können.

„Das Gericht" kam zum Ortstermin. Der Richter, eher klein, nicht mehr ganz jung. Das ist der Gerichtspräsident, er selbst bearbeitet den Fall, hatte ihnen ihr Anwalt erklärt. Ein gutes Zeichen, sagte Erwin zu seiner Frau, die Nachbarschaftssachen werden hier ernst genommen, da schicken die keinen blutigen Anfänger. Der Präsident hatte zwei Mitarbeiter mitgebracht, Referendare, wie ihr Anwalt sagte.

Zunächst nahmen sie alle die Pumpe in Augenschein, die Kurt in Gang zu setzen hatte. Der Präsident ließ einen seiner Referendare bei der Pumpe, um zu verhindern, dass sie irgendjemand wieder außer Betrieb setzte.

Im klägerischen Schlafzimmer standen sie, dicht gedrängt, die beiden Paare, ihre Anwälte, der Präsident und sein zweiter Referendar und lauschten. Das Gericht kann kein Pumpgeräusch feststellen, sprach der Präsident zu Protokoll in sein Diktiergerät. Wollen Sie sich dazu äußern? wandte er sich an Parteien und

Anwälte. Weitgehend Schweigen. Lediglich Erwin machte darauf aufmerksam, dass die Fenster geschlossen waren.

Aber weder auf dem Balkon noch im Inneren des Hauses, ob im Schlafzimmer, in der Küche oder im Wohnzimmer, bei geschlossenen oder geöffneten Fenstern, sah sich das Gericht in der Lage, ein Pumpgeräusch zu vernehmen. Jeweils wiederholte sich das Ritual. Feststellung des Gerichts, nichts hören zu können. Aufnahme dieses Befunds ins Protokoll. Gelegenheit zur Äußerung für Parteien und Anwälte. Langeweile machte sich breit. Kurt sah sich in Nachbars Wohnzimmer um. Haben Sie die Inneneinrichtung ausgewählt?

Die Frage war an Karin gerichtet, die etwas verlegen dreinblickend neben ihm stand, offensichtlich von dem ganzen Geschehen peinlich berührt. Von unseren Nachbarn ist Erwin der Sturkopf, dachte Kurt, er hat die Klage angestrengt, nicht Karin. Karin hat etwas Geschmeidiges.

Ja, schon, ich habe alles ausgesucht, sagte Karin, nachdem sie sich mit der Antwort auf Kurts Frage ein wenig Zeit gelassen hatte. Du hast Stil, schoss es Kurt durch den Kopf, und er sah sie sich etwas genauer an. Ein wenig fülliger als Emily, was ganz und gar nicht schadete. In den Bewegungen ausgesprochen graziös. Gefällt mir gut, wie Sie das ausgewählt haben, bemerkte Kurt, und es lag eine gewisse Bewunderung in seiner Stimme, was wiederum seiner Frau Emily auffiel, die, ihrerseits verwundert, sich die Frage stellte, was Kurt mit der Nachbarin und Prozessgegnerin Karin herumzusäuseln hatte. Rasch wandte sich Emily von ihrem Mann ab und blickte ihrem Nachbarn Erwin in die Augen. In dem brodelt's, glaubte sie feststellen zu können. Da kracht's noch.

Auf der Terrasse brach es tatsächlich aus Erwin heraus. Mit Verlaub, Herr Präsident. Ob Sie etwas hören oder nicht, ist doch egal. Ich wohne hier, nicht Sie. Ich muss es mir anhören, nicht Sie. Zugegeben, bisher konnte man nichts hören. Wahrscheinlich eine andere Windrichtung als üblicherweise. Aber jetzt, hier auf der Terrasse, da ist das Brummen wahrzunehmen. Eindeutig ist das.

Dieser Auftritt löste Reaktionen aus. Kurt wandte sich sogleich wieder Karin zu, die, er sah es ganz deutlich, den Kopf schüttelte, verbal aber ihrem Mann beistand. Wenn Erwin die Pumpe jetzt hört und sie ihn stört, dann sollte man das ernst nehmen, sagte sie. So ist es, akzeptieren muss man das, schrie Erwin, und er schleuderte diese Worte den beiden Beklagten, Kurt und Emily entgegen, die jetzt wieder neben einander standen. Und während er noch zornig auf seine

Kontrahenten starrte, da bemerkte er es. Nachbarin Emily nickte bei seinen Worten ein wenig. Sie respektiert mich, dachte Erwin. Ganz anders als ihr sturer rund arroganter Ingenieur.

Im Übrigen, Erwin wandte sich wieder an das Gericht, setzen Sie sich bitte auch noch neben unseren Birnbaum, der, so jung er noch ist, doch schon Schatten spendet. Das ist ein Platz, an dem man es sich gut gehen lassen kann. Eigentlich der romantischste Platz im ganzen Garten. Ein wichtiger Standort. Wir würden gerne hier sitzen, in einer lauen Sommernacht, wenn, ja wenn nicht die Pumpe wäre.

Hier, sagte er, packte einen Gartenstuhl und stellte ihn direkt neben den Zaun zu Nachbars Garten an den Ort, der auf seinem Grund und Boden der gegnerischen Pumpe am nächsten kam, hier hört man die Pumpe besonders laut, scheppernd und brummend. Und in der Tat. Entsprechend konzentriert und bei ansonsten nahezu absoluter Stille, lediglich ein leises Säuseln im Birnbaum war zusätzlich zu hören, glaubte auch das Gericht ein Brummen wahrzunehmen, was so auch ins Protokoll aufgenommen wurde, obwohl Kurt sogleich dagegen protestierte und dem Gericht vorwarf, auf Spinnereien hereinzufallen und „Gespenster" zu hören.

Von einer Belästigung kann keine Rede sein, die Pumpe darf weiter betrieben werden, erklärte abschließend der eine Anwalt, während der andere darauf hinwies, ein gutes nachbarschaftliches Verhältnis sei ein hohes Gut, welches Rücksichtnahme voraussetze. Ob man mit Blick auf ein zukünftiges verträgliches Miteinander nicht den Klägern entgegenkommen könne, wandte sich das Gericht an Kurt und Emily. Vielleicht die von deren Seite vorgeschlagene Schallschutzhaube erproben? Und Sie tragen die Kosten, wandte er sich an Erwin und Karin.

Die Reaktionen der Männer zeigten alles andere als Vergleichsbereitschaft. Ich zahl doch nicht deren Pumpe, ereiferte sich der Eine. Ich bau doch nicht meine vorzügliche Pumpenkonstruktion wieder ab, empörte sich der Andere. Jetzt kommt es auf die Frauen an, dachten die Anwälte. Ach Kurti, sagte Emily, probieren wir's doch einfach aus. Einen Versuch ist es wert. Schau doch, wie der Erwin leidet. Und Karin? Ach, Erwin, sagte sie. Der Kurt hat ja schon viel Arbeit in seine Konstruktion gesteckt. Wenn er jetzt bereit wäre, Deinen Vorschlag auszuprobieren, das wäre ja schon großzügig. Und wenn auch der Herr Präsident das so vorschlägt, dann ist es sicher in Ordnung, wenn wir die Kosten übernehmen. Karin, dachte Erwin, der Finanzbeamte, hat noch nie mit Geld umgehen können.

Kurt und Erwin schwiegen. Ihre Mimik verhieß nichts Gutes. Das Gericht gab Gelegenheit zur Äußerung binnen drei Wochen. Denken Sie gut nach, hieß es noch, auch von den Anwälten, die den gerichtlichen Vorschlag „gar nicht so schlecht" fanden. Kaum waren die Paare aber wieder unter sich, da warfen die Männer ihren Frauen vor, sie seien ihnen in den Rücken gefallen. Mehr Verständnis für den Nachbarn als für ihren eigenen Mann hätten sie gezeigt.

Abs. 4   Nachbarlicher (Ver)einigung sind keine Grenzen gesetzt

Zwei Wochen später erklärten die Anwälte gegenüber dem Gericht den Rechtsstreit übereinstimmend für erledigt, die Kosten sollten „gegeneinander aufgehoben" werden. Das heißt, jeder zahlt seinen Anwalt und die Hälfte der Gerichtskosten, hatten die Anwälte ihren Mandanten erklärt. Für Erwin und Kurt wurden zudem veränderte Adressen mitgeteilt. Kurt wohnte jetzt bei Karin, Erwin bei Emily. Ein Jahr später waren alle voneinander geschieden, weitere sechs Monate später begegneten sich alle beim Standesamt. Zuerst schlossen Erwin und Emily, dann Kurt und Karin den „Bund fürs Leben". Nach entsprechender notarieller Beurkundung und Eintrag ins Grundbuch waren Erwin und Emily die Eigentümer der einen Haushälfte, Kurt und Karin die der anderen. Der ideale Eigentums- und Partnertausch!

Dass Erwin und Emily seine perfekte Pumpendämmungskonstruktion durch ein Industrieprodukt ersetzt hatten, ließ Kurt kalt. Nicht er, sondern Erwin war ja krankhaft geräuschempfindlich gewesen und hatte jetzt mit der deutlich schlechteren Dämmung zurecht zu kommen. Im Großen und Ganzen aber lebten sie friedlich neben einander. Alle Beteiligten gönnten einander die neuen Partnerschaften, waren sie doch durchgehend der Ansicht, jetzt das viel bessere Los gezogen zu haben und froh sein zu können, endlich die Macken des oder der Ex nicht mehr hautnah ertragen zu müssen.

Sie fragen, woher der Präsident die ganze Geschichte kennt, die Gedanken der Beteiligten eingeschlossen? Er weiß wenig. Was er nicht weiß, stellt er sich vor.

Weitgehend ist alles Spekulation, Phantasie. Auch die beteiligten Anwälte haben ihm nichts erzählt, wo denken Sie hin? Auf dem Gerichtsflur ist er einmal allen begegnet. Sie hätten jetzt ihre Scheidungstermine, praktischerweise hinter einander. So haben sie es, gut gelaunt, „dem Herrn Präsidenten" erzählt, und die neuen Paarkonstellationen waren für ihn eindeutig.

Manchmal überkommt den Präsidenten der Gedanke, die vier zu besuchen, sich nach ihrem Befinden zu erkunden, bei den einen im Schatten des Birnbaums „Birne Helene" zu genießen und bei den anderen in den Swimmingpool zu steigen. Bisher hat er es lieber bleiben lassen.

13. Kapitel

Über Loslassen und neue Herausforderungen

Das Phänomen war hinlänglich beschrieben, gerade in den vielen Gutachten in Betreuungsverfahren, die Heinrich im Laufe seines Berufslebens zu lesen bekommen hatte. Kühlen Kopf bewahrend gab es keinen Grund zur Sorge. Das Gespräch mit Heidrun hatte ihm die Augen geöffnet. Keine Veranlassung, düsteren Gedanken nachzuhängen. Von beginnenden Wortfindungsstörungen konnte keine Rede sein.

Heinrich saß arbeitsfähig und genesen in seinem Büro. Da war es plötzlich wieder, das Pfeifen, das er jetzt schon acht Tage nicht mehr gehört hatte. Soeben hatte ihn der Chefpräsident fürsorglich nach seinem Befinden gefragt. Mir geht es wieder recht gut, sagte Heinrich, fügte aber sogleich noch drei Sätze hinterher, von denen er sich rückblickend nicht sicher war, ob er sie geäußert hätte, wäre nicht gerade in diesem Augenblick das Pfeifen zurückgekommen. Ich muss es natürlich als Warnschuss betrachten und kürzertreten, sagte er. Bleib jetzt dran am Thema, ermunterte er sich, gab sich einen Ruck, setzte sich gerade und erklärte, er werde seine sämtlichen überregionalen Aufgaben abgeben. Ich will, hörte er sich zu seiner eigenen Überraschung sagen, mich ganz auf meine Aufgaben als Präsident konzentrieren.

Zuhause Lob und Anerkennung. Gönn Dir dann aber auch freie Wochenenden ohne Zusatzbelastungen, ermunterte ihn Heidrun. Ich werde meine Dienstzeit konsequenterweise auch nicht verlängern, beteuerte er, über die Zukunft nachdenkend. Planungssicherheit, das ist wichtig. Die Personalabteilung wird sich Gedanken machen, wie lange ich noch da bin. Ich weiß, was ich sagen werde, wenn sie mich nach meinen Plänen fragen.

Überleg Dir genau, was Du im Dienst noch bewerkstelligen willst, hieß es. Und mach Dir Gedanken, wie wir unseren gemeinsamen Ruhestand denn gestalten wollen, sagte Heidrun. Ich hab' da schon ein paar Ideen, fügte sie hinzu. „Frische Luft", dachte Heinrich. Und: „Raus aus der Gerichtsblase, hinein ins praktische Leben!"

Es waren Miriam und Marisa, die, gerade zu Besuch, noch eins draufsetzten. Ach, Papa, was Du uns früher vor dem Einschlafen immer für Geschichten erzählt hast. Jeden Abend eine neue. Vom Wolf und vom Fuchs, weißt Du noch. Schreib doch die Geschichten auf.

Heinrich erstarrte. Herrje, was war das für ein Stress gewesen! „Wolf und Fuchs", ein einziges Missverständnis, ausgelöst durch irgendeine Bemerkung seines Schwiegervaters, von den beiden als Ankündigung missverstanden, der Opa werde jetzt eine Geschichte von einem Fuchs erzählen. Wie es dazu im Einzelnen gekommen war? Heinrich wusste es nicht mehr, konnte nur spekulieren. Unwesentlich. Jedenfalls hatten die beiden penetrant nach der versprochenen Fuchsgeschichte gefragt und den Opa geradezu an den Rand der Verzweiflung getrieben. Den Opa, der ganz und gar kein Geschichtenerzähler gewesen war.

Da war rasches Handeln geboten gewesen. Heinrich sah sich in der Küche seiner Schwiegereltern sitzen. Sie waren übers Wochenende zu Besuch. Jetzt keine schlechte Stimmung aufkommen lassen. Heinrich sprang in die Bresche. Ich erzähle Euch was vom Fuchs, sagte er. Also, fing er an und schnaufte kurz durch, also, da war einmal ein kleiner Fuchs, der war ungefähr so alt wie die Miriam. Er hatte auch eine Schwester, Anna-Luise hieß die. Und wie hieß der Fuchs? fragte Miriam. Fuchsgang, sagte Heinrich, etwas Besseres war ihm gerade nicht eingefallen. Fuchsgang? Miriam sah ihn zweifelnd an. Wirklich, Papa? Was für ein komischer Name. Das war bei Familie Fuchs so Brauch, erwiderte Heinrich rasch. In jedem Namen musste irgendwie das Wort Fuchs vorkommen. Da wusste man gleich, dass es ein Fuchs war. Das überzeugte, zunächst.

Aber, sagte Marisa, die ältere. Aber die Anna-Luise, die heißt nicht Fuchs? Denen kann ich ja gar nichts vormachen, dachte Heinrich, während sich erste Schweißperlen auf der Stirn abzeichneten. Na ja, sagte er, das mit dem Fuchs im Vornamen, das gilt nur für die Buben, die Mädchen bekommen richtig schöne Namen. Bei den Wölfen im Wald war das übrigens genauso, fügte er hinzu. Gerade war ihm der Vorname Wolfgang in den Sinn gekommen. Deshalb heißt der beste Freund des kleinen Fuchses auch Wolfgang. Wolfgang Wolf und Fuchsgang Fuchs, so heißen die beiden.

Hat der kleine Wolf auch eine Schwester? Wie viele Fragen denn noch, dachte Heinrich. Ja, die Monika, sagte er. Jetzt habe ich aber schon sehr viel erzählt. Rasch ins Bett! Erzählst Du morgen Abend weiter? Bitte, bitte, riefen beide. Du kannst ja so gut erzählen, wickelten sie ihn um den kleinen Finger. Ja, sagte Heinrich leichthin, nicht ahnend, wie viele – es wurden unzählige – Wolf und Fuchs-Geschichten er in den nächsten Monaten erzählen würde. Und ebenso noch nicht ahnend, dass sich im Laufe der Erzählungen Papa Fuchs als Kinderarzt entpuppte und der Vater des „kleinen Wolf" nach hartem Wahlkampf, eine Giraffe war die Gegenkandidatin gewesen, mit großem Vorsprung zum Waldbürgermeister gewählt wurde.

Ob ich diese Geschichten heute noch zusammenbrächte? Heinrich war wieder in der Gegenwart. Bestimmt, riefen beide und klangen als ob sie noch die kleine Miriam und die kleine Marisa wären. Ach, sagte Heinrich, ich bin nicht mehr so phantasievoll. Heute schreibe ich Berichte an das Oberlandesgericht, ich verfasse Beurteilungen und lese Urteilsentwürfe meiner Kammermitglieder. „Phantasietechnisch" bin ich völlig aus der Übung. Wahrscheinlich bin ich sprachlich ziemlich verdorben. Papperlapapp. Heidrun hatte sich eingeschaltet. Allein wenn ich daran denke, was Dir so alles im Traum einfällt.

§ 14   Over isch over

Die Menschen strömten in den großen Versammlungssaal. Sie nannten ihre Namen und trugen sich in die Teilnehmerlisten ein, benutzten die ausliegenden

Kugelschreiber, schüttelten einander die Hände. Einzelne Umarmungen und Küsschen. Was ist denn hier los? Ich war empört. Das fällt doch auf die Partei zurück, wenn sich etliche infizieren. Abstand, Masken, Fehlanzeige! Sorgen Sie doch bitte dafür, dass hier die Regeln eingehalten werden, sprach ich sogleich den Abgeordneten Hansmann an, der mir gerade den Rücken zudrehte. Ein Gipfel der Heuchelei. Sicherheit und Ordnung als „Markenkern", neuerdings auch Gesundheitsschutz, und dann eine derartige Lässigkeit. Das konnte ich nicht mittragen. Hansmann drehte sich um. Das war aber nicht Hansmann, sondern Fuchs. Dass der noch lebte. Der müsste doch längst...

Ihr Name bitte? fragte die Geschäftsführerin der Partei, so als ob ich hier völlig unbekannt sei. Mai, erwiderte ich irritiert, Heinrich Mai. Ach, schaltete sich Fuchs ein. Sie sind neu zugezogen und jetzt zu uns umgemeldet worden. Hat alles noch prima geklappt. Fuchs setzte eine verschwörerische Miene auf. Sie sind stimmberechtigt. Ich bin doch gar nicht umgezogen, dachte ich. Komm, sagte Heidrun, die neben mir stand, suchen wir uns einen Platz. Ich war überrascht. Heidrun? Sie ging doch nie mit zu einer solchen Versammlung. Und jetzt während der Pandemie?

Eine Zeitreise, flüsterte mir jemand von hinten ins Ohr. Sie sind mit mir in die Vergangenheit geraten. Sie können mir helfen, die zu verändern. Darf ich mich vorstellen, Girafe. Ich drehte mich um und erblickte einen überdimensionierten Hals. Eine Giraffe? Erinnern Sie sich, sagte sie. Sie haben mich in Ihren Wolf und Fuchs-Geschichten die Waldbürgermeisterwahl gegen den Wolf haushoch verlieren lassen. Ein völlig verfehltes Szenario. Ich möchte hier antreten, in der Großstadt. Nicht als Bürgermeisterin, sondern als Kandidatin für den Landtag. Hier passe ich viel besser her als in Ihren doch sehr hinterwäldlerischen Wald. Mein Gegenkandidat für die Nominierung ist auch nicht der Wolf, sondern der Fuchs. Sie können mich jetzt rehabilitieren und zu meinem Sieg beitragen. Nutz die Chance, bring das in Ordnung, sagte sie und verfiel mit ihrem Appell in ein aus meiner Sicht eher unangebrachtes Duzen.

War ich tatsächlich in die Vergangenheit geraten? Rasch warf ich Heidrun einen Blick zu. Unbestreitbar wirkte selbst sie, die Junggebliebene, verjüngt. Aber auch in einer Reise rückwärts hatte eine Giraffe als Landtagskandidatin für die Partei, die seit Jahrzehnten immer gewann, nichts verloren. Wir sind hier nicht bei einer Satiretruppe, fauchte ich, bei uns herrscht Ordnung. Allenfalls könnten Sie als

Giraffe in einer Neufassung meiner Wolf und Fuchs- Geschichten die Waldbürgermeisterwahl im Tierreich gewinnen.

Ich hoffe auf Ihre Unterstützung gegen den Fuchs, sagte die vor mir stehende, groß gewachsene Frau mit einer bei genauerer Betrachtung nur leicht überdurchschnittlich ausgeprägten Halslänge. Ich heiße „Girafe", bin aber selbstverständlich keine Giraffe. Das wäre ja wirklich nur etwas für eine Spaßpartei.

Frau Girafe verbeugte sich. Gestatten, sagte sie, ich bin bestens integriert, Rechtsanwältin, deutsche Staatsangehörige mit Wurzeln im französischsprachigen Afrika, genauer gesagt in Ruanda, und ich beherrsche die deutsche Sprache besser als mancher Einheimische. Ich setze auf das wertkonservative und gleichzeitig weltoffene Bildungsbürgertum. In Ordnung, sagte ich, verblüfft darüber, dass ich eben noch geglaubt hatte, mich mit der Giraffe aus meinem Wolf und Fuchs-Geschichten zu unterhalten. Offensichtlich hatte ich kurz vor mich hingeträumt und dabei die Spaßpartei erwähnt. Immerhin fühlte sie sich nicht beleidigt.

Gleichwohl: Ob ich wirklich in der Vergangenheit gelandet war, das blieb noch zu klären. Ich suchte die Toilette auf. Kein Wunder, dass Dich die Geschäftsführerin nicht kannte, dachte ich, als ich mich im Spiegel betrachtete. Du bist noch nicht der Gerichtspräsident, sondern zu Beginn Deiner Karriere, in der Zeit Deiner Wolf und Fuchs-Geschichten, als die Kinder noch klein waren. „Schön, dass es mit dem Umzug in unseren Ortsverband geklappt hat." Der, der neben mich getreten war und mich ansprach, war Franz Mauerbrecher, der frühere Studienkollege und Stadtrat. Du willst ja auch den Fuchs aufs Altenteil schicken, fuhr er fort. Sei unbesorgt. Du kannst, auch wenn Du neu bei uns bist, bei der Wahl gar nichts falsch machen. Wir sind hier alle der Meinung, dass der Fuchs weg muss.

Ein großer Ortsverband, sagte ich zu Mauerbrecher. Bei Euch ist ja einiges los. Ja, erwiderte er. Der Saal wird wohl brechend voll. Das freut mich sehr, dass so viele gekommen sind. Manche waren schon einige Zeit nicht mehr da. Unsere Arbeit im Ortsverband kommt bestens an, wie Du siehst.

Zurück im Versammlungsraum setzte ich mich zu Heidrun, die bereits einen Platz gefunden hatte. Mich eingerechnet saßen jetzt vier Personen an diesem Tisch. Die beiden anderen gehörten ebenfalls zusammen, jedenfalls kannten und duzten sie sich. Vinzenz und Herta. Herta nahm kein Blatt vor den Mund. Sind Sie neu hier? fragte sie sogleich. Zugezogen, erwiderte ich situationsangepasst. Aha, sagte sie, Zigarillos rauchend. Es war eine, für die damalige Zeit typische, rauchgeschwängerte Versammlung zu erwarten.

Herta hielt mit ihrer Meinung nicht hinter dem Berg. Wir sind ja alle der Meinung, dass der Fuchs weggehört. Ein durchtriebener Hund, passt nicht mehr in die Zeit. Die Leute wollen nicht mehr den bloßen Krawall. Manch einer ist ja schon abgesprungen, macht da nicht mehr mit. Ja, ja, sagte ich. Krawall war mir grundsätzlich zuwider. Ordnung sollte schon sein.

Die Versammlung war eröffnet, der Vorsitzende, ein Herbert Hunger, ca. 60 Jahre alt, unauffällig, kein Bauchansatz, überdimensionierter Trachtenjanker, begrüßte die Mitglieder und die Ehrengäste. Insbesondere den Bezirksvorsitzenden und amtierenden Landtagsabgeordneten Fuchs und seine Mitbewerberin, Frau Girafe. Herr Bodendecker hat seine Bewerbung zugunsten von Frau Girafe zurückgezogen. Wieso kandidiert unser Handwerkskammerpräsident nicht mehr? fragte Herta in die Runde. Was soll das denn? Mit Frau Girafe bekommen wir Herrn Fuchs doch nie weg. Auch ich bekam erhebliche Zweifel und erinnerte mich. Bodendecker hatte sich damals vor 20 Jahren in einer tumultartigen Versammlung gegen Fuchs nur knapp durchgesetzt. Der Eingriff in die Vergangenheit war riskant.

Ich will keine Zeitreise, bei der am Ende der Fuchs triumphiert. Frau Girafe wird verlieren, schrie ich. Die Partei ist doch, noch dazu, wenn wir 20 Jahre zurückgehen, die Partei ist doch noch nicht reif, eine Migrantin aus Ruanda aufzustellen. Die Vergangenheit lässt sich nicht einfach neu ordnen. „Isch over!"

Da verblasste die Szenerie, der gegenwärtige Parteivorsitzende, sprich der Vorsitzende der Gesamtorganisation, schwebte durch den Raum und ließ sich an dem nunmehr leeren Tisch mir gegenüber nieder. Ganz recht, Herr Mai, sprach er mich direkt an. Was wollen Sie mit einer Reise in die Vergangenheit? Ich kann, ganz ehrlich, wenn ich das so sagen darf, meine früheren Reden ja auch nicht mehr hören. Aber: Kann ich sie verändern, neu ordnen? Ich bin mehr für Vergessen. Gehen Sie mit mir in die Zukunft! Aber zitieren Sie bitte nie mehr diesen Württemberger.

In diesem Augenblick erwachte ich für einen Moment, überlegte kurz und beschloss, rasch wieder einzuschlafen, um in der Zukunftsvariante weiterzuträumen.

14. Kapitel

Über Sprachkrisen und Sprachkraft

Sie waren sich bei einem Empfang in der Metropole begegnet. Sie hatte den Festvortrag gehalten, er war zuhörender Gast, platziert in der vierten Reihe, einer von vielen, die in der endlosen Begrüßung genannt worden waren. Beide kamen sie aus der gleichen Stadt. Sie repräsentierte ihre Fakultät, er das Gericht.

Als Lehrstuhlinhaberin an der katholisch-theologischen Fakultät hatte sie referiert. Über Religion und Sprache. Untertitel: Sprachkrise des Christentums? Die Sprachkrise, sagte sie, ist keine Krise des Christentums als solchem, es ist eine Krise klerikaler Eliten. Eine Krise der Sprache ist immer Ausdruck einer Krise des Denkens, eines eingefroren-konservierten Denkens, welches die Zeichen der Zeit nicht sieht. Mutig und richtig, dachte Heinrich und klatschte Beifall. So kann es kommen, wenn man Frauen und damit zwingend nichtklerikale Personen auf die Lehrstühle beruft. Wir bräuchten mehr davon.

Attraktiv und jung ist sie auch noch, dachte er, sogleich erschrocken feststellend, dass dies aber nun gerade keine zulässigen Maßstäbe waren, um wissenschaftliche Qualität zu beurteilen. Attraktiv und jung, das schließt wissenschaftliche Qualität aber auch nicht aus. Heinrich trat in einen Dialog mit sich selbst. Ein wenig freuen über einen jungen, frischen Auftritt wird man sich schon noch dürfen. Auch als Mann. Als Richter bin ich es aber natürlich gewohnt, dann „ohne Ansehen der Person zu urteilen". Sollte jedenfalls Dein Ziel sein, erwiderte Heinrichs innerer Widerpart, dem allzu große Überheblichkeit und Selbstgewissheit zuwider waren.

Nach ihrem Vortrag kam sie rasch auf ihn zu. Sie sind doch unser Gerichtspräsident, sagte sie. Kann ich Sie mal anrufen? Ich plane ein Seminar zum Thema „Reden über Gerechtigkeit". Vielleicht interessiert Sie das. Gerne, sagte er und gab ihr sogleich seine Visitenkarte. Sie huschte an ihm vorbei, weiter zum nächsten Gesprächspartner. Ein wahrer Wirbelwind. Heinrich sah ihr nach, in dem Bestreben, noch einen kurzen Blick auf sie werfen zu können. Sie war einfach attraktiv, egal von welcher Seite man sie betrachtete.

90

Im Zug sah er sie wieder. Der Platz neben ihr war frei. Ja Frau Pfandknecht, sagte er und lächelte. So sieht man sich wieder, darf ich mich zu Ihnen gesellen? Aber, fügte er hinzu, bemerkend, dass sie ein Buch in der Hand hielt, in dem sie offensichtlich las, ich will gewiss nicht Ihre Lektüre unterbrechen. Ach was. Sie klappte das Buch zu. So wichtig ist das nicht. Setzen Sie sich doch.

Ein Wink des Schicksals? ging es Heinrich durch den Kopf. Er hatte den Titel des Buches gesehen. „Nennt mich Enßlin", sie las tatsächlich „Nennt mich Enßlin". Jetzt einfach – immerhin wahrheitsgemäß! – zu sagen, er lese das Buch auch gerade, konnte als billige Anmache missverstanden werden. Heinrich zögerte, holte dann aber seinen „Enßlin" aus der Tasche und hielt ihn ihr vor die Nase. Sehen Sie mal, was ich dabeihabe. Beide lachten sie.

Heinrich war unsicher. Ihm kamen Zweifel. War das ein kluger Einstieg in ein Gespräch, wenn er ihr in einer Debatte über diesen Roman womöglich nicht das Wasser reichen konnte? Schnell von diesem Buch wieder wegkommen! Ich sehe, sagte er, Sie sind mit der Lektüre der 50 mysteriösen Romane auch noch ein Stück hintendran. Der Verlag bringt die Bücher auch in einer Geschwindigkeit heraus, dass man nicht hinterherkommen kann. Man hat schließlich auch noch etwas anderes zu tun. Mittlerweile sind die ja schon drei Bände weiter. Haben Sie die Einführung in den neuesten Band gelesen? „Am Anfang war nicht das Wort", schreibt der Feuilletonist, „am Anfang waren die Lieder."[13] Das Zitat fiel Heinrich leicht. Der Artikel war ihm als Frühstückslektüre noch frisch in Erinnerung.

Sie sah ihn erstaunt an, fast ein wenig bewundernd, was ihm gut tat. Wie Sie sich das gemerkt haben, sagte sie. Jetzt kam er in Fahrt. Am Anfang war das Wort, sagte er, dieser erste Satz des Johannesevangeliums hat noch immer Kraft, das zeigt sich selbst hier in der Verneinung. Dass er erst kürzlich von Gutspechts Neuübersetzung angetan gewesen war, hielt er jetzt lieber zurück. Und einer spontanen Eingebung folgend fuhr er fort: „Am Anfang war das Wort", das hat allein schon vom Klang her eine ungeheure Wirkung. Fünfmal das A und dann kommt, wie ein Paukenschlag, ein O.

---

[13] Die Autorenschaft scheint hier animiert von Breidecker, Am Anfang waren die Lieder, in: Steinberg (Hrsg.), Hundert große Romane des 20. Jahrhunderts, S. 37. Allerdings erschien das Werk bereits 2008. Die Herausgeber*innen

Jetzt hatte er sich aber, mitgerissen von der Sogkraft seiner Gesprächspartnerin, ebenso aber auch mitten in der Suche nach seiner eigenen sprachlichen Kreativität, weit vorgewagt. Professorin Pfandknecht lächelte. So habe ich das noch gar nicht gesehen, sagte sie schmeichelnd. Sie haben Recht. Die Abfolge der Vokale passt zur Aussage. Dabei hat, wie Sie ja wissen, unser Zeitungsautor die Lutherübersetzung nicht einmal zutreffend zitiert. Schließlich heißt es ja „Im Anfang war das Wort". Wir haben also, wenn Sie so wollen, noch ein vorwitziges „I" vorneweg. So, sagte sie, jetzt muss ich aber aussteigen. Der Zug hält gleich.

§ 15   Der Preis des Prassens ist die Steppe

Ich saß wieder dem Parteivorsitzenden gegenüber.

Vergangenheitsträumereien führen in die Irre, sprach er. Mein Focus liegt auf der Zukunft. Auch da keine Traumtänzerei, wie sie andere betreiben. Vorsicht und Umsicht: Ja, aber ebenso entschlossener, weitsichtiger und kreativer Realismus. Und Konsequenz! Aus der Vergangenheit lernen, die Gegenwart meistern, die Zukunft zukunftsfest und pandemiesicher gestalten. Das bedingt deutliche Veränderung. Manche sind etwas ängstlich, ist doch klar. Dieser Ängste werden wir nur Herr, wenn wir mit der Natur wieder in Einklang kommen, das ist das Eine, und die unvermeidbaren, weil bereits angelegten Veränderungen, die wir nicht mehr aufhalten können, mit ins Kalkül ziehen und uns darauf einstellen, das ist das Andere. Reisen Sie in die Zukunft! Eine Zukunft, von mir gestaltet.

Wiederum veränderte sich die Szenerie. Als erstes bemerkte ich, dass neben meinem Stuhl ein Rollator stand. War das meiner? Ich blickte mich um. Der Versammlungsraum war größer als ehedem, die Raumhöhe beeindruckend, 6 Meter bis zur Decke. Heidrun saß neben mir, kaum gealtert. Wie ich wohl inzwischen aussah? Ich wollte es nicht wissen, der Rollator hatte mir bereits einen ersten Eindruck vermittelt. Die Decke kann man auch niedriger hängen, flüsterte mir Heidrun zu. Es ist wegen der Giraffe.

Tatsächlich. Neben dem Versammlungsleiter hatten zur Rechten eine Giraffe und zur Linken ein Fuchs Platz genommen. Auch sonst befanden sich etliche Tiere im Raum, unter anderem einige Wölfe und Wildschweine, aber auch Krähen, Schildkröten und Schimpansen. Immerhin: Vinzenz und Herta waren aus dem vorherigen Arrangement übriggeblieben und saßen mit uns am Tisch. Herta rauchte nicht mehr, fragte aber wie im vorherigen Szenario, ob wir neu hier seien. Ja, erwiderte Heidrun, wir sind ins hiesige Betreute Wohnen gezogen, das kommt meinem Mann sehr zugute. Das war neu für mich, die weitere Unterhaltung dagegen vertrauter. Der Fuchs müsse weg, der durchtriebene Krawallmacher. Alle sind für die Giraffe, sagte Herta. Letzteres wiederum waren ungewohnte Töne.

Wieder begrüßte der Vorsitzende die Mitglieder und Ehrengäste, den amtierenden Landtagsabgeordneten Fuchs sowie seine Mitbewerberin, Frau Girafe. Erneut agierte Herr Hunger als Vorsitzender, weil dem Veranstalter dieser Reise in die Zukunft in der personellen Besetzung offenbar nichts Neues einfiel.

Herr Hunger erläuterte die Tagesordnung: Neuwahl des Vorstands, am Ende Wahl der Delegierten in die Vertreterversammlung zur Nominierung des Landtagskandidaten im Stimmkreis. Auf uns kommt es an, erklärte Herta. Wenn wir die Giraffenfreunde als Delegierte wählen, wird sie unsere Stimmkreiskandidatin. Gerade in den letzten Wochen gebe es eine erfreuliche Anzahl von Neueintritten, verkündete Herr Hunger. Zudem habe die Bezirksgeschäftsstelle einige Mitglieder aus anderen Ortsverbänden umgemeldet. Wieder andere, die in letzter Zeit gefehlt hätten, seien heute wieder da und fühlten sich offensichtlich von der Arbeit im Ortsverband gut angesprochen. Der Fuchs, der neben ihm saß, grinste vor sich hin.

Der Rechenschaftsbericht des Vorsitzenden geriet langatmig. Musste der jeden Frühschoppen der letzten zwei Jahre auflisten? Mein Stoßseufzer fand Gehör. Es wurde interessant. Ihr alle wisst, sagte Hunger, wie dynamisch unser Parteivorsitzender und Bundeskanzler die Dinge die letzten zehn Jahre angepackt und die Lehren aus den Pandemien und aus dem Klimawandel gezogen hat. Ich zitiere den Vorsitzenden: „Was sind die Alternativen? Die Wildtiere ausrotten? Verbietet uns der Respekt vor der Schöpfung. Rückzug der Menschheit? Wäre Selbstaufgabe. Abgrenzung: Ja, soviel wie nötig. Kooperation? Ja, klug organisiert, mit Vorsicht und Umsicht. Wir haben erkannt, welche Bedeutung dem Umgang von Mensch und Wildtieren zukommt. Und ebenso, brauch mer ned drumrumreden[14], ist die Rechnung auf dem Tisch für, man muss es so sagen, die Prasserei der Vergangenheit, die Verschwendung, die uns den Klimawandel beschert hat. Aber auch hier: Nicht einfach alles verbieten, sondern klug steuern, aber mit Nachdruck!"

Ende des Zitats, sagte Hunger und fuhr mit eigenen Worten fort. Und deshalb sind wir ja auch, immer mit Augenmaß, dazu übergegangen, einigen besonders intelligenten, kooperationswilligen Vertretern einzelner Wildtierarten nach entsprechend bestandenem Einbürgerungskurs einschließlich Beherrschung unserer Sprache die Staatsbürgerschaft zu gewähren, erklärte Hunger. Also haben wir auch Wildtiere in unseren Reihen. Der Abgeordnete Fuchs gehört dazu, ebenso wie die im Zuge des Klimawandels und der Versteppung Mitteleuropas neu eingewanderten Tierarten, denken wir nur an die sehr geschätzte Frau Girafe.

Was ist eigentlich mit den Haustieren? Kaum war mir diese Frage über die Lippen gekommen, bereute ich sie. Sicher gab es dafür eine Erklärung, die nur ein Zeitreisender wie ich nicht kannte. Hoffentlich zweifelten meine Tischnachbarn jetzt nicht an meinem Verstand. Glücklicherweise deuteten sie die Frage als eine rhetorische. Das ist sicher ein moralisch wunder Punkt, ergriff jetzt der bisher eher schweigsame Vinzenz das Wort. Aber wir haben uns ja gerade mit den Anführern der Wildtiere arrangiert, damit wir die Haustiere halten können wie bisher. Die Wildschweine machen doch für die Hausschweine keinen Finger krumm. Oder glauben Sie, die Krähen setzen sich für das Haushuhn ein? Oder die Wölfe für die Hunde? Nur die hier eingewanderten griechischen Landschildkröten haben die Befreiung ihrer Artgenossen durchgesetzt.

Das erklärt manches, dachte ich und wälzte mich beunruhigt von der einen Seite auf die andere. Nur nicht aufwachen. Schließlich wollte ich wissen, wie das ausging.

---

14 Bayerisch, hochdeutsch: „brauchen wir nicht darum herumreden".
Anmerkung des Autors

15. Kapitel

Über gute Ratschläge

Advent. Eine Kerze brennt. Die pensionierten Richter (alle sind sie männlich) treffen sich. Nicht am Markt, um Glühwein zu trinken und eine Bratwurst zu vertilgen. Dort wäre es dem Einen oder Anderen trotz Funktionsunterwäsche zu kalt. Sie sind in ihrem Stammlokal, dem legendären „Italiener", Pizzeria bereits in der dritten Generation. Familie ist sehr wichtig, heißt es. „Nonno" hat Lokal begründet, sagt der jetzige Juniorchef. Ganz klein angefangen, sagt der „padrone", der perfekt Deutsch sprechen könnte, die Erwartungen seiner Gäste aber nicht enttäuschen will. Die hier gepflegte Sprechweise gehört zum Lokal. Gebrochenes Deutsch vermischt mit italienischen Sprachbrocken, und sogleich fühlen sich alle im Italienurlaub. Was 55 Jahre lang funktioniert hat, das soll auch so bleiben.

Unser presidente. Alexander ist der Wortführer, früher wie heute, hier Allessandro genannt. Wir haben einen seltenen Besucher unter uns, eigentlich war er, glaube ich, noch nie dabei, unser presidente. Welche Ehre für unser Haus, sagt der padrone. Sofort ruft er sämtliche Familienmitglieder herbei, seine Mutter („mia madre") inbegriffen. Nach einer überschwänglichen Begrüßung folgen Erläuterungen zur Familiengeschichte und zu den einzelnen Familienmitgliedern. Eine einfache Pizza zu bestellen, erscheint Heinrich unangemessen, will die Familie doch ihr Können voll entfalten. Er ordert die für heute besonders empfohlenen Spezialitäten des Hauses, pesto trapanese, Schwertfisch, Panettone als Dessert und lässt, als er die erwartungsvollen Minen der Kollegen wahrnimmt, noch einige Flaschen Wein auffahren. Das löst die Zungen.

Das Bild, welches die Ruheständler von ihrem Dasein zeichnen, ist widersprüchlich, teilweise verstörend. Alexander gerät ins Schwärmen. Ich vermisse gar nichts, sagt er. Die schönste Zeit liegt noch vor Dir, Heinrich. Im Augenblick bist du wirklich nicht zu beneiden. Alles wird komplizierter, bürokratischer. Ich weiß, Heinrich, Du bist ja eher ein Frauenversteher. Aber ist der Vormarsch der Frauen für uns Männer nicht doch ein arges Unglück?

Heinrich schüttelt den Kopf, aber Alexander ist noch nicht zu bremsen. Sei doch mal ehrlich, ruft er, dass es auch alle anderen hören. Was bin ich froh, dass ich schon eine Weile in Pension bin. Allein, was mir der Sven so alles erzählt. Womit Du Dich herumschlagen musst. Elternzeiten, Teilzeitkräfte, Kita-Öffnungszeiten etc. Im Ruhestand bist Du alle diese Sorgen los. Zenta und ich sind ständig auf Reisen.

Verärgert registriert Heinrich, dass Sven, Mitarbeiter in der Verwaltungsabteilung des Gerichts, offenbar zu viel redet. Eine unerfreuliche Diskussion! Mit Alexander ist an und für sich jede Debatte über die Frauenfrage sinnlos. Dennoch kann er jetzt nicht schweigen. Das versteht Alexander sonst als Zustimmung. Also, sagt Heinrich, die Frauen tun der Justiz sehr gut. Dass die Organisation schwieriger wird, das stimmt. Wir können aber nicht Gleichberechtigung und Vereinbarkeit von Familie und Beruf propagieren, ansonsten aber alles beim Alten lassen. Da muss eben auch die Abholung der Kinder aus der Kita klappen, und der Arbeitgeber darauf Rücksicht nehmen. Jetzt gehen übrigens zunehmend auch Männer in Elternzeit. Und das ist gut so, sagt Heinrich, und insgeheim wünscht er sich, Miriam, Marisa, Heidrun und natürlich die Vorsitzende des örtlichen Richterrats hätten diese seine Ansprache gehört.

Ich verstehe, dass Du so daherreden musst, sagt Alexander. Genießen wir den Wein. Jedenfalls kann ich Dir nur raten: So schnell wie möglich in Pension und dann das Leben genießen. Erst neulich waren wir 6 Wochen in Neuseeland. Du weißt natürlich nie, wie lange das gut geht. Geh in den Ruhestand, solange Du noch gesund und fit bist.

Womit das zweite große Thema des Treffens angesprochen ist, der Gesundheitszustand. Heinrich wird angst und bange ob dem, was er zu hören bekommt. Völlig neue, ihm bislang unbekannte Beschwerden lernt er kennen. Während einige mit ihrer Fitness und ihrer Gesundheit prahlen, ergehen sich andere in der ausführlichen Schilderung ihrer kleinen und größeren Gebrechen und berichten von ihren Arztbesuchen, die, so scheint es Heinrich, jedenfalls für manche unter ihnen ein Wert an sich sind. Immerhin unterbrechen sie einen Alltag, von dem es sonst nichts Nennenswertes zu berichten gibt. Was dem einen seine Reisen, dem anderen seine Krankheiten und Arztbesuche? Nein, einige erzählen von ihren Ehrenämtern, andere von ihren Enkelkindern. Gelegentlich kommt da allerdings auch der Hinweis, man dürfe sich auch nicht zu viel aufhalsen lassen. Du musst dann auch mal Nein sagen können, Heinrich. Gerade Du bist da gefährdet.

Die Gespräche drehen sich freilich keineswegs primär um die Anwesenden. Die Abwesenden sind das Hauptthema. Deren Gesundheitszustand, einigen scheint es wirklich sehr schlecht zu gehen, wird ausführlich besprochen. Ganz plötzlich sei der frühere Vorsitzende der Handelskammer erkrankt. Gestern noch auf dem Tennisplatz, heute auf der Intensivstation. Deswegen, Heinrich, verschieb nichts nach hinten, wird er ermuntert. Morgen kann es bereits zu spät sein.

Du darfst natürlich Deine Kräfte nicht überschätzen, wird er ermahnt. Sogleich kommt die Rede auf einen ehemaligen Familienrichter, der es besser hätte wissen müssen, der alte Bock, sagen sie. Der habe doch glatt nach 40 Jahren Ehe sich in eine 25-jährige verguckt und scheiden lassen. Teuer kam ihm das zu stehen. Denk doch nur an den Versorgungsausgleich. Und jetzt? Liegt er unter der Erde. Herzinfarkt. Der hat sich überanstrengt, meint einer, als wäre er dabei gewesen.

Jetzt sind sie bei den Verstorbenen angelangt. Die Einschläge nehmen zu. Immer mehr Bekannte unter den Toten, Gleichaltrige. Die Zeitungslektüre beim Frühstück gerät ins Zentrum der Überlegungen. Ich schau mir als Erstes die Todesanzeigen an. Stell Dir vor, Du übersiehst etwas und richtest der Witwe nichtsahnend einen Gruß an Ihren Mann aus, sagt ein Kollege, dessen sonst aufheiternder, etwas schräger Humor in diesem Zusammenhang nicht bei allen gut ankommt. Es geht doch wohl eher darum, sein Mitgefühl rechtzeitig zum Ausdruck zu bringen, bemerkt ein ehemaliger Jugendrichter. Den Hinterbliebenen tut das in der Regel gut. Heinrich muss sich eingestehen, auf die Traueranzeigen selten zu achten. Ich suche als erstes nach etwaiger Gerichtsberichterstattung, bekennt er. Über Anzeigen, die Justizangehörige betreffen, informiert mich ein Mitarbeiter.

Stell Dir vor, Heidrun, manche Pensionisten studieren als erstes die Traueranzeigen, berichtet Heinrich am nächsten Morgen, als er beim Frühstücken die Lokalzeitung nach etwaigen Prozessberichten durchblättert. Agathe macht es genauso, erwidert Heidrun. Gut, dass Du mich an das Thema erinnerst. Sie hat gestern angerufen. Gutspecht ist verstorben. Es stand in der der Zeitung.

Es gelang mir, wieder in den Zukunftstraum hineinzufinden. Gottlob, dachte ich, sollte es aber später, jedenfalls einen Moment lang, bereuen.

Die erste Wahl stand an. Stadtrat Mauerbrecher, der war tatsächlich auch wieder dabei, schlug „unseren langjährigen Vorsitzenden Hunger" vor. Weitere Vorschläge? Die Frage des Versammlungsleiters, des etwa 30-jährigen Vorsitzenden der Jugendorganisation, klang routiniert, aber auch ein wenig gelangweilt. Umso überraschter reagierte er, als aus den hinteren Tischreihen im Raum ein Ja ertönte. Ja, rief da einer, ich schlage Korbinian Haudegen vor.

Groß gewachsen, muskulös, eloquent, um die 40 Jahre alt, so präsentierte sich der Vorgeschlagene. Haudegen, ein Name, ein Programm, vermittelte kämpferischen Schwung. Ich fasse mich kurz, erklärte er. Der Ortsverband hat mehr verdient als ein paar langweilige Frühschoppen. Wie wolle man die Dynamik des Parteivorsitzenden vermitteln, führte er aus, wenn man hier derart verschlafen auftrete. Der Ortsverband gehört wachgerüttelt, rief er in den Saal. Viele, die heute hier sind, kommen doch nicht, weil sie den Vorstand gut finden, sondern weil sie etwas verändern wollen. Das Einzige, was der Vorstand beherrsche und worauf man die wenige vorhandene Energie verwende, sei, gegen den Abgeordneten Fuchs zu intrigieren, erklärte er.

Zugegeben sagte Haudegen, der Fuchs ist ein Raubtier. Aber das hat man doch gewusst, als er vor fünf Jahren gewählt wurde. Und jetzt will man ihn einfach weghaben, weil er die hiesige Beamtenmentalität stört, weil er kämpferischen, gelegentlich auch ruppigen Wettbewerb im Überlebenskampf propagiert und sich nicht scheut, auch einmal listig vorzugehen. Ich, Haudegen, stehe hier und will zum Ortsvorsitzenden gewählt werden, um diesen Verein wachzurütteln, und ich unterstütze Fuchs weiterhin als Abgeordneten.

Den Haudegen brauchen Sie nicht für voll nehmen, erklärte Herta. Der tritt immer großspurig auf, hat hier aber keine Anhänger. Einer, der Krawall macht. Gell, Vinzenz, sagte sie zu ihrem Mann, Ihr wart Euch doch alle einig, Frau Girafe zu unterstützen. Vinzenz nickte. Auf diese Rede braucht der Hunger gar nicht weiter einzugehen, gab sie sich überzeugt.

Und so geschah es, dass Hunger aufstand und erklärte: „Ihr habt meinen Bericht gehört. Ihr kennt mich. Mehr brauche ich nicht zu sagen." Der neben ihm sitzende Abgeordnete Fuchs lächelte.

Als das Wahlergebnis bekannt wurde, gab es Jubelschreie auf der einen Seite, schweigendes Entsetzen auf der anderen. Haudegen 39, Hunger 33 Stimmen. Keine Enthaltungen, keine ungültigen Stimmen. Herta fand als Erste ihre Stimme wieder. Komm, Vinzenz, aus dem Verein treten wir aus, rief sie. Der Fuchs und der Haudegen, diese Intriganten. Sei ruhig, Herta, versuchte sie ihr Begleiter zu beruhigen. Was ist denn das für ein hasenfüßiges Verhalten, dachte ich. Also, wenn Sie mich fragen, wandte ich mich an Herta. Sie wollen Frau Girafe unterstützen? Da können Sie doch nicht vor der Delegiertenwahl gehen. Am Ende fehlt dann gerade Ihre Stimme. Und vielleicht kommt es auf Ihre beiden Stimmen an, bezog ich Vinzenz in meinen Appell mit ein. Vinzenz, wir bleiben noch, erklärte Herta. Ansonsten herrschte Ruhe im Saal. Die Jubler hatten sich ausgejubelt, Herr Fuchs lächelte, Frau Girafe blickte betrübt, die Unterlegenen schwiegen. Sie erkannten, dass Fuchs heimlich, still und leise gegen sie mobilisiert hatte.

Der Versammlungsleiter rief zur Wahl des stellvertretenden Vorsitzenden auf. Der frisch gewählte Vorsitzende Haudegen ergriff das Wort. Ich bin hier nicht ohne Gefolgsleute, erklärte er und ließ eine Liste mit seinen Vorschlägen für die weiteren Vorstandsposten und die zu wählenden Delegierten austeilen. Ich brauche eine Mannschaft, auf die ich mich verlassen kann, und wir benötigen Delegierte, die Herrn Fuchs unterstützen. Auf dieser Liste sind diejenigen, mit denen ich zusammenarbeiten möchte. Die sind auch alle bereit, konstruktiv mitzumachen.

Schau doch, schrie Herta, schau doch, Vinzenz, der Kratzer, der war doch bisher mit Euch immer einig, der unterstützt jetzt den Haudegen. Hat der im Vorstand irgendetwas gegen den Hunger gesagt? Herta war nicht die Einzige, die in den Saal hineinschrie. Allenthalben entwickelten sich hitzige Wortgefechte. Du bist ja das größte Schwein, fuhr einer den Kratzer an, Du Haderlump, Du Verräter. Halt, rief eines der Wildschweine. Haderlump und Verräter, das sind legitime Beleidigungen. Aber Schwein als Beleidigung, das kann doch nicht Ihr Ernst sein.

Das Wildschwein benimmt sich noch am gesittetsten, musste ich feststellen, betrübt über den Umgang einiger menschlicher Partei"freunde" unter einander.

Was seid Ihr nur für Vollidioten, antwortete Kratzer. Es genügt doch völlig, und das war wahrscheinlich schon des Guten zu viel, es genügt doch, dass wir uns für einige Vertreter der einheimischen Tierwelt geöffnet haben. weshalb jetzt auch noch Giraffen? Der Fuchs, der passt wenigstens in unsere Breiten. So ist es, unterstützten ihn die anwesenden Füchse und Wölfe. Giraffen gehören nicht hierher.

Ihr seid mir vielleicht eine Bagage, meldete sich der unterlegene Hunger zu Wort, jetzt deutlich leidenschaftlicher als zuvor. Da lässt man Wölfe, Krähen und Füchse in die Partei eintreten, öffnet sich, und dann, kaum seid Ihr dabei, da sollen andere, die mindestens genauso schlau, ja eigentlich deutlich klüger sind als Ihr, die sollen draußen bleiben. Der Klimawandel ist doch nun wirklich so weit fortgeschritten, dass die griechischen Landschildkröten, die Schimpansen und die Giraffen besser hierher passen als Ihr. Verzieht Euch doch nach Grönland. Eure Zeit, die ist vorbei. Deutschland ist jetzt das Land der Grassteppen, nicht mehr der Eichenwälder. In der Grassteppe hilft uns die Giraffe viel mehr als Ihr. Die Zeit, in der fleischfressende Machos den Ton angegeben haben, ist abgelaufen.

Die Diskussion lief völlig aus dem Ruder. Wüstes Durcheinandergeplärre, der Versammlungsleiter, dieser Jungspund, ohne jede Durchsetzungskraft. In dieser Situation musste ich eingreifen. Entschlossen stand ich auf und rief in die Menge: Stopp! Erfreut stellte ich fest, dass meine Stimme noch fest und gut hörbar war. Der Gerichtssaal war ein ideales Trainingsgelände gewesen, dachte ich. Da musste man sich behaupten und im rechten Moment der Herr im Ring sein. Also, sprach ich, so geht das nicht. Seit wenigen Wochen sind meine Frau und ich zugezogen und was müssen wir hier erleben. Von meinem früheren Ortsverband bin ich ganz anderes gewohnt. Einigkeit und Qualität. Was erlebe ich hier? Querelen und Quatsch. Das wird ja hier zur reinsten Qual. Zu einer destruktiven Qual, die Qualität behindert. Wissen Sie, rief ich, wie viele strafbare Beleidigungen ich mir hier heute schon habe anhören müssen. Und das als ehemaliger Gerichtspräsident! Zurück zur Ordnung, damit wir die Versammlung noch mit einem Rest an zivilisiertem Anstand zu Ende bringen. Also, wir wählen jetzt in aller Ruhe den stellvertretenden Vorsitzenden.

Wir haben zwei Vorschläge, stellte ich sachlich fest. Gibt es weitere Interessenten? Nein? Dann mögen sich die Kandidaten bitte vorstellen.

100

Weiter kam ich nicht. Anstatt dankbar über mein Eingreifen zu sein, prasselten von allen Seiten Unmutsäußerungen auf mich nieder. Was will denn der hier? Bei uns war der nicht Präsident. Uns vorschreiben wollen, wie wir unsere Sitzung abhalten. Wir haben doch unseren Versammlungsleiter. Und plötzlich waren sich alle Seiten einig, dass ihr Versammlungsleiter, der Franz, der das ja ganz vorzüglich gemacht habe, das Zepter weiter in der Hand halten sollte. Und natürlich müsse jetzt, nach der zugegeben etwas lebhaften Aussprache, weitergewählt werden.

Ich setzte mich wieder, fühlte mich, um im Tierreich zu bleiben, wie ein begossener Pudel. Heidrun reichte mir die Hand. Nicht aufregen, sagte sie. Bleib ganz ruhig. Herta und Vinzenz, unsere neuen Freunde, äußerten ihr Bedauern.

Der Rest ist rasch erzählt. Die Zeitreise übersprang die weiteren Vorstandswahlen und setzte bei der Delegiertenwahl wieder an. Frau Girafe hielt die glänzende Rede, die ich gerne hätte halten wollen, bekundete ihre Dankbarkeit für die Aufnahme als Migrantin, rühmte den Weitblick des Parteivorsitzenden, unterstrich ihre Expertise für Fragen des Klimawandels, den sie leidvoll erlebe, habe sie doch ihre angestammte Heimat verloren. Gerade angesichts ihrer eigenen Lebensgeschichte verstehe sie doch manche Ängste vor einem weiteren Verlust an Lebensraum. Gerade deshalb wolle sie mithelfen, den Klimawandel wenigstens jetzt zu stoppen. In der anschließenden Wahl der Delegierten wurden denn auch fast ausschließlich ihre Anhänger gewählt, wenn auch letztlich zumeist nur mit einer Stimme Vorsprung. Das politische Schicksal des Fuchses war besiegelt.

Die Versammlung war zu Ende. Als Rollatorfahrer im Betreuten Wohnen werde ich nicht mehr für voll genommen, beklagte ich gegenüber Heidrun meinen Verlust an Einfluss und Ansehen. Ich habe nichts mehr zu melden. Ach was, sagte die unverwüstlich positiv denkende Heidrun. Du hast doch nur gefühlt verloren. Im Ergebnis warst Du derjenige, der die Gemüter beruhigt hat. Ein gemeinsamer Buhmann schweißt eben zusammen. Und im Übrigen: Wer hat denn die Herta und den Vinzenz davon abgehalten, zu gehen? Ohne deren Stimmen hätte doch der Fuchs gewonnen.

Der Traum war zu Ende. Die ersten Sonnenstrahlen weckten mich. Ich war mir sicher. So wie dieser besserwisserische, seinem früheren Rang nachtrauernde, ständig die Vergangenheit beschwörende Greis, so wollte ich nicht werden. Und bis zu einer deutschen Grassteppe sollte man es auch nicht kommen lassen.

16. Kapitel

Über das, was bleibt

Ferdinand, stell Dir vor, der Gutspecht ist verstorben. Heinrich hatte seinen Bruder angerufen, um ihm die Neuigkeit zu berichten. Dabei war er doch noch im Sommer so munter und unternehmungslustig gewesen. Weißt Du Näheres? erkundigte sich der Bruder. Nein, sagte Heinrich. Jedenfalls kann ich mir jetzt erklären, warum er mir von seiner Übersetzung des Johannes-Evangeliums nichts zukommen hat lassen. Er ist verstorben, bevor er sein Werk zu Ende gebracht hat. Sicher wollte er mir sogleich die ganze Übersetzung am Stück präsentieren.

Bitter ist das, dachte Heinrich. Da planst Du noch, hast wie der Gutspecht die ersten Sätze fertig übersetzt, und dann macht Dir der Tod alles zunichte und die Revolution bleibt aus. Die Konsequenz ist, dachte Heinrich weiter, die Dinge rechtzeitig in Angriff zu nehmen und die Zeit zu nutzen. Nichts vertrödeln. Klare Prioritäten. Am besten eine To-do-Liste. Was will ich noch unbedingt erledigen, das ist die Frage, beruflich und privat.

Am 2. Weihnachtsfeiertag las er, zu Besuch bei Schwiegermutter Agathe, den Zeitungsbericht über Gutspecht. Der Journalist würdigte Gutspechts Wirken als Kommunalpolitiker, Lehrer und Autor und erwähnte in einem Nebensatz auch, dass der Verstorbene das Johannesevangelium aus dem Griechischen neu übersetzt habe. Die Revolution ist anscheinend dennoch ausgeblieben, dachte Heinrich und beschloss, sich das Werk zu besorgen. Ihre Arbeit ist wichtig, hatte er noch an Christi Himmelfahrt beim Pfarrfest zu Gutspecht gesagt.

Gutspechts Übersetzung zu lesen, das war Heinrich dem Verstorbenen jetzt schuldig. „Im Anfang war das Wort", oder nach Gutspecht, „im Anfang war der vernünftig waltende schöpferische Geist." Aber was war am Ende?

Die Frage wurde zurückgestellt. Gutspechts Werk war vergriffen. Heinrich musste sich gedulden, bis es vielleicht auf dem Büchermarkt antiquarisch angeboten wurde. Heinrich wartete also, recherchierte zunächst noch alle drei Tage, dann immer seltener und verlor die Suche nach Gutspechts Übersetzung bald ganz aus dem Sinn.

Nicht aus dem Kopf ging ihm allerdings, dass Gutspecht noch etwas zustande gebracht hatte. Gutspecht hatte sein Projekt vollendet, er war schnell genug gewesen. Jederzeit hätte es ihn aber vorher „erwischen" können. Es galt zu handeln. Heinrich, erstellte seine „To-do-Liste", setzte „Schreiben" in der Rubrik „Privates" an die erste Stelle, formulierte die Herausforderung, der er sich stellen wollte und die Vorgabe, der es gerecht zu werden galt.

Hattest Du mir nicht erklärt, kürzer zu treten, keine Arbeiten mit nach Hause nehmen? Heidrun stand im Arbeitszimmer. Du hast doch einige Zusatzverpflichtungen abgegeben. Jetzt ist es ja wieder wie früher. Du verziehst Dich ständig nach oben. Schon über die Tage zwischen Weihnachten und Sylvester hast Du Dich zurückgezogen. Mit der Steuererklärung kannst Du mir nicht kommen, die ist längst erledigt. Spaziergänge bei herrlichem Winterwetter absolvierst Du wie eine lästige Pflichtübung, erscheinst missmutig zum Essen. Hattest Du nicht versprochen, Deine Fertigkeiten in der Küche auszubauen?

Heinrich war verschnupft, sah sich missverstanden. War er nicht an die alten Wolf und Fuchs-Geschichten erinnert worden? Hatte Heidrun nicht die Kreativität seiner Träume angesprochen? Und jetzt, da er sich neu entfalten, etwas Bleibendes außerhalb der Jurisprudenz schaffen wollte, war es auch wieder nicht recht, verteidigte er sich, die Opferrolle des zu Unrecht Attackierten einnehmend. Wenn die Einschläge näherkamen, musste er sich da nicht sputen?

Heidrun wusste ihn zu beruhigen. Wie sollte sie wissen, was ihn umtreibe, wenn er über seine Pläne nicht spreche.

Ob er im Ernst glaube, meinte sie, es bekomme seinem Projekt, wenn er sich selbst unter Druck setze? Aber ja doch, das Leben könne jeden Moment zu Ende sein. Da sei es durchaus sinnvoll, nicht ständig alles auf später zu verschieben, bis es kein später mehr gebe. Sich zu „sputen" dürfe aber nicht bedeuten, sich zu Tode zu hetzen und nur in der Abarbeitung einer „To do-Liste" zu existieren. Das bekommt doch weder Deiner Kreativität noch unserer Beziehung, sagte sie energisch. Ich will nicht nur für die Zukunft, sondern auch in der Gegenwart mit Dir leben und nicht bloß auf das Resultat Deines Projekts warten. Was bleibt, wenn wir durch das Leben nur zielorientiert hindurchhetzen, immer in der Sorge, etwas nicht mehr zu vollenden, anstatt einfach manchmal nur zu leben?

Heinrich aber erkannte erneut, was er an seiner Frau hatte.

Die Not war groß. Manche verglichen die eingetretenen Verheerungen mit den Folgen eines langen Krieges. Die Menschheit hatte nicht gegeneinander, sondern gegen einen gemeinsamen Gegner gekämpft. Jetzt galt es, weiter zusammenzustehen und aufzubauen. Allenthalben war der Staat gefragt, bei der Organisation eines Lastenausgleichs, der Wiederbelebung der Innenstädte, der Bildungsoffensive, dem Abarbeiten liegen gebliebener Prozessakten, den jährlichen Impfkampagnen.

Den verschwenderischen Verzicht auf vorhandenes Know-how, das Brachliegen von Humanressourcen konnte und wollte man sich nicht mehr leisten. Waren anfangs noch diejenigen belächelt und auf die gesetzlichen Bestimmungen hingewiesen worden, die sich anboten, trotz des Erreichens der Altersgrenze noch weiter im Dienst zu bleiben und mitzuhelfen, so wurde den Verantwortlichen nunmehr klar, dass man solche Leute gut gebrauchen konnte.

Der Anteil derer, die sich motivieren lassen, um etwas für die Allgemeinheit zu tun, die Zahl dieser quasi selbstlosen Freiwilligen war allerdings nicht groß genug. Wir müssen uns etwas einfallen lassen, hieß es in der PR-Abteilung der Regierenden.

Schön, dass Sie auf unser Anschreiben gekommen sind. Der Kommunikations- und Kampagnenchef des Gesundheitsamts, Jäger hieß er, ein aalglatter Karrieretyp, wie Mai es schien, einer, der während des gesamten Gesprächs von dem einstudierten Gesichtsausdruck des Dauergrinsens nicht völlig würde lassen können, dieser Jäger hieß den Präsidenten a.D. willkommen. Sie berührten sich mit den Fäusten. Die neuen Umgangsformen sind dem Herrn Pensionisten jedenfalls bekannt, registrierte Jäger zufrieden.

Es freut mich sehr, sagte Jäger, einem so... Er zögerte, sollte er den Expräsidenten als herausragende oder doch besser als hervorragende Persönlichkeit ansprechen und damit erfolgreich umschmeicheln? Dieser Mai war, so hatte er sich sagen lassen, in sprachlicher Hinsicht penibel, würde sich womöglich nicht für ausreichend gewürdigt erachten. Es freut mich außerordentlich, einem so bedeutenden Vertreter Ihrer Generation zu begegnen, erklärte Jäger schließlich.

Mai nickte wohlwollend. Offensichtlich habe ich mit dieser Formulierung den Tritt in ein Fettnäpfchen vermeiden können, dachte Jäger und sein unsicheres Grinsen wich ein wenig einem überlegeneren Lächeln.

Wir brauchen Sie und Ihre Erfahrung für den Neuanfang, sagte er. Helfen Sie uns, könnte ich jetzt zu Ihnen sagen. Ein solch einseitiger Appell liegt uns aber ganz fern. Sehr geehrter Herr Präsident, fuhr Jäger fort und seine Augen strahlten nunmehr vor Begeisterung über sich selbst und seine rhetorische Raffinesse, wir wollen eben nicht nur uns, sprich der Gemeinschaft, quasi uns allen, sondern auch dem Einzelnen als Individuum etwas Gutes tun. Wir zielen auf das klassische „Win-Win". Wir zwingen zu nichts, wir setzen auch nicht unter moralischen Druck. Wir machen ein Angebot, ein Vitalisierungsprogramm, das seinesgleichen sucht.

Mai nickte zögerlich. Worauf wollte Jäger hinaus? Eine skeptische Mimik schien ihm die passende Reaktion.

Niemand will Sie in Ihrem wohlverdienten Wohlbefinden stören, nein, verfiel Jäger, der den skeptischen Gesichtsausdruck bemerkt hatte, in einen beschwichtigenden Tonfall, wir wollen, maßgeschneidert für Sie, Ihre ganz persönliche Wellness steigern. Wir suchen nach der Beschäftigung und dem Maß an Beschäftigung, das Ihnen und uns nützt.

Jetzt eine angemessene Dosis Selbstkritik. Das würde dem Alten gefallen. Jäger rief sein einstudiertes Repertoire ab. Was haben wir nicht in der Vergangenheit die Begleitung in den Ruhestand vernachlässigt, ja, ich sage es offen, unsere Fürsorgepflicht verletzt. Von einem Tag auf den anderen von hundert auf null, nicht jedem hat das gut getan. Mancher leidet noch heute darunter, mancher leidet, und weiß es gar nicht, weil er es verdrängt hat. Deshalb lautet eine der zentralen Fragen unserer Untersuchung, mit der Sie sich ja bei Ihrer Anmeldung einverstanden erklärt haben: Wieviel Ruhestand vertragen Sie? Der Ruheständler muss der Ruhe Stand halten, das sagt ja bereits der Name. Jäger grinste verstärkt, Mai lächelte vorsichtig zurück.

Mein (hervorragender oder herausragender?) Wortwitz kommt offensichtlich an, ging es Jäger durch den Kopf. Wir überprüfen heute nicht nur Ihre aktuellen Gesundheitsdaten, sondern konsequenterweise auch Ihre Ruheverträglichkeit, führte er seinen Vortrag fort. Und in der sicheren Erwartung, Mai mit dem

Folgenden überraschen zu können, gewann seine Stimme, befeuert durch seinen Stolz, an Höhe und Geschwindigkeit, überschlug sich geradezu.

Erinnern Sie sich, sagte er, erinnern Sie sich an die Zeit im Wartezimmer, nachdem wir ihnen Ihr Smartphone abgenommen hatten? Der Raum war schalldicht, und Sie waren ganz allein. Vollständige Ruhe. Kameraüberwachung, Registrierung Ihrer Herzfrequenz, Körpertemperatur, Schweißbildung. Hier ist das Resultat. Auf einer Skala von 0 bis 50 erreichen Sie die 35. 0 heißt, Sie vertragen nur Ruhe, Aktivität ist für Sie Gift. 50 bedeutet das Gegenteil. Bei Ihrem Wert ist berufliche Aktivität für Sie bekömmlich und belebend. Das Präsidium des Gerichts, mit dem ich mich kurzgeschlossen habe, bietet Ihnen angesichts Ihrer Erfahrung den Vorsitz einer Kammer für Erbstreitigkeiten mit einem Arbeitsdeputat von 50% an. Ein Halbtagsjob, das wäre genau das Richtige für Sie.

Mai verzog keine Miene. Haben Sie überhaupt einen angemessenen Arbeitsplatz für mich, fragte er, gelassen, geradezu gelangweilt wirkend und legte überdies einen leicht süffisanten Unterton in seine Stimme, um seine Vorfreude zu verbergen. Es galt, sich so teuer wie möglich zu verkaufen. Mai überlegte, zögerte die weiteren Worte hinaus. Das kommt überraschend (immerhin gibt er jetzt zu, überrascht zu sein, dachte Jäger teilbefriedigt), ich bin natürlich nicht der Typ, der sich berechtigten Anliegen verweigert, tastete sich Mai vor. Einerseits, schob er rasch hinterher, um ein Andererseits anfügen zu können und in Fahrt zu kommen und Forderungen zu stellen. Andererseits: Ein eigenes Zimmer brauche ich schon, außerdem eine tüchtige, sozial verträgliche Geschäftsstellenkraft und besondere Unterstützung bei der weiter voranschreitenden Digitalisierung. Ich habe keine Lust, mir die elektronische Akte anzutun.

Glaubst Du, dass die Staatsregierung auf die Pensionisten zurückgreift? fragte Heidrun ihren Mann. Sie saßen beim Frühstück. Gerade habe ich darüber nachgedacht, erwiderte Mai und lächelte. Man konnte es drehen und wenden, wie man wollte. Sie würden ihn noch brauchen.

17. Kapitel

Über den Reiz des Augenblicks

Es gab keine Ausreden mehr. Hatte Heinrich auf den Hinweis seiner Töchter, er könne doch ins Gericht radeln, lange Zeit darauf hingewiesen, er komme dann zu verschwitzt dort an, so hatten diese nunmehr auf die neuen E-Bikes, besser Pedelecs aufmerksam gemacht. Es liege an ihm, ob er ins Schwitzen gerate. Bei Zuschaltung der entsprechenden Power komme er rasch in die Innenstadt, die zunehmend fahrradfreundlicher werde. Der Zeitverlust gegenüber Auto oder Straßenbahn gehe gegen Null. Und: Wenn er wieder nach Hause fahre, könne er sich durch Verzicht auf Zuschaltung der elektrischen Unterstützung so richtig austoben und dann unter die Dusche gehen.

Die Bewegung tat ihm gut, aber nicht nur die. Er genoss insbesondere die ersten und auf dem Rückweg letzten Kilometer seiner Streckenführung, mitten durch den Stadtwald, gerade im Frühjahr, wenn der sich in frischem Grün zu präsentieren begann und Heinrich zum ersten Mal seit langem bewusst die nahezu täglichen Veränderungen in der Natur wahrnahm, Veränderungen, die bei einer raschen Autofahrt, notwendig konzentriert auf Straßenverkehr und Radioprogramm oder in der vollbesetzten Straßenbahn konzentriert auf das Ergattern oder Verteidigen eines Platzes, in ihrer allmählichen, dann aber wieder geradezu explosionsartigen Entwicklung an ihm vorbeigingen, bis er dann jedes Jahr aufs Neue erstaunt feststellte, dass vor der Kulisse einer Sommerwiese auf der Terrasse Kaffee getrunken wurde und die ersten Erdbeeren im Garten geerntet werden konnten.

Dass er sich, von Heidrun rechtzeitig zur Vernunft gebracht, bei seinem Schreibprojekt nicht unter Druck setzte, tat gut. Ganz unvermittelt, etwa beim Einkauf, den er an den Wochenenden übernommen hatte, kamen ihm, während er an der Kasse stand und seine Mitmenschen beobachtete, Gedanken in den Sinn, von denen er den einen oder anderen später zu Papier brachte, unabhängig davon, ob er gerade in sein selbst gewähltes Ordnungsschema passte. Was spielte es für eine Rolle, ob auf diese Weise Textteile entstanden, die später vor frühere Textteile zu platzieren waren? Und auch wenn ihm auf dem Weg vom Bio-Markt ins heimische Arbeitszimmer mancher seiner Einfälle wieder

„entfallen" war, er grämte sich nicht. Wenn die Idee auf diesem kurzen Weg verloren ging, dann hat sie nicht viel getaugt, dachte er bei sich. Die guten, zukunftstauglichen Ideen halten länger oder sie kommen wieder.

Er hielt inne. Überhaupt war zu fragen, ob wirklich nur das „Zukunftstaugliche" etwas taugte. Wozu diese Zweckausrichtung? Die Gegenwart lediglich als Zwischenschritt zu Zukünftigem? Wieviel Lebenswirklichkeit ging da verloren! Hatte ein Kuss nicht im Augenblick des Kusses bereits seinen Wert, war ein eigenes Spiel statt nur „Vorspiel"? Und auch dort, wo, wie beim Golfspiel, der einzelne Schlag vom Spielsystem her eindeutig nur Teil des Spiels war und einem Ziel diente, konnte dieser Schlag auch für sich allein Freude bereiten, wenn er denn gut gelang.

Die Begegnung zweier Wanderer, die sich nicht kannten, aber freundlich begrüßten und sich danach nie wieder über den Weg liefen, dieses in seiner Zukunftsrelevanz belanglose Ereignis, hatte es nicht seine hinreichende, eigenständige Bedeutung allein in der Gegenwart. Ihm kam sein Religionsunterricht in den Sinn. Die seiner kindlichen Seele vermittelte Katechismusweisheit, das Leben sei auf die Sammlung von Bonuspunkten und Vermeidung von Maluspunkten für die Endabrechnung vor dem Eintritt in ein ewiges Leben zu reduzieren, vernachlässigte die Freude des Augenblicks. Auch den galt es zu leben und den Flug eines Schmetterlings in seiner Eleganz zu genießen, ohne darin den Beginn einer künftigen Karriere als Schmetterlingsforscher sehen zu müssen und ein entsprechendes Projekt zu entwickeln.

§ 18   Schutz"geld" gibt Schutz

Er war ausgestiegen, der ehemalige Schulkamerad seines Sohnes. Der Mann an der Pforte, der auf den Hof hinausblickte, glaubte ihn sofort wieder zu erkennen. Keine Brille mit ihren dicken Brillengläsern mehr, vermutlich war er auf Kontaktlinsen umgestiegen. Das linke Auge durch einige Haarsträhnen verdeckt. Jetzt strich er sie sich aus dem Gesicht. Erkannte er ihn wirklich wieder? Du weißt ja aus der Ankündigung, wer da kommt, sagte er sich. Das ist etwas ganz anderes, als wenn Du ihm auf der Straße begegnen würdest. Im Grunde genommen kanntest Du ihn gar nicht, hast ihn vielleicht zwei-, dreimal gesehen, sonst nur von ihm gehört. Ludwig hat von ihm erzählt.

Der wird Ludwig längst vergessen haben, dachte der Mann an der Pforte. Nach der Grundschule hatten sich die Wege der beiden getrennt. Nur gelegentlich, so hatte Ludwig berichtet, waren sie sich begegnet.

Was, wenn er sich dennoch an Ludwig erinnerte? Dann muss es ihm peinlich sein. Dann wird er so tun, als ob nichts gewesen wäre. Auf keinen Fall wird er Dich auf die Vergangenheit ansprechen, war sich der Pförtner sicher. So frech wird er nicht sein. Oder doch?

Wie sollte man wissen, wie sich so einer jetzt verhält. Was soll ich ihm dann sagen? Der Pförtner war unsicher. Noch blieb ihm Zeit nachzudenken. Noch standen sie im Hof, der Direktor, die Personalratsvorsitzende und der Herr Präsident.

Der frisch gebackene, für sein Amt junge Präsident sah den Wachtmeister an der Pforte sofort. Es war Sommer, und das Außenfenster hin zum Innenhof des Gerichtsgebäudes stand offen. Ein Kritikpunkt, den er mit dem Direktor zu besprechen hatte. Wozu die Schutzvorrichtungen am Eingang, wenn hier trotz aller Lüftungsanlagen ein ebenerdiges Fenster offenstand.

Schon als er das Verzeichnis der Bediensteten durchgegangen war, schließlich galt es sich vorzubereiten auf den Antrittsbesuch, war ihm der Name aufgefallen. Hatte der etwas mit seinem früheren Schulkameraden, dem Ludwig, zu tun. Denkbar wäre es. Sollte er nachfragen?

Ausgenutzt hat er ihn, dachte der Pförtner. Er, das Lehrerbüblein, zu schwach. sich selber zu wehren. Der wollte Schutz, nur weil ihn Schüler aus der Klasse seines Vaters auf dem Schulweg dumm angeredet hatten. Dazu war er gut genug, der Ludwig. Als Art Bodyguard. Aber in der Vorwärtsverteidigung. Oder ging es nur um Angriff, gar um Rache?

Wir müssen stark genug sein, um es denen zu zeigen. Du bist stark, Ludwig, wird er gesagt haben. Du hast es in den Fäusten. Du wirst mit denen fertig. Vielleicht zusammen mit ein paar anderen, so als richtige Bande. Mit Dir als Bandenführer,

Ludwig. So wird er gesagt haben, der Herr Präsident. Ich selbst, wird er gesagt haben, ich selbst bin ja im Rauf- oder Boxkampf nicht die ganz große Hilfe. Ich kann Dir aber anders helfen. Ich lass Dich die Hausaufgaben abschreiben. Dann hast Du auch was davon, wird er gönnerhaft gesagt haben. Und mein Ludwig? Wie ein Wahnsinniger hat er sich in die Kämpfe gestürzt.

Der Ludwig, dachte der Präsident, was war der für ein wilder Hund. Die Zeiten waren rau, der Schulweg führte durch unbewohntes Gelände. Da lauerten schon manchmal die Jungs aus anderen Stadtteilen einem auf. Der Stärkste warst Du ja nicht gerade, sagte er zu sich. Da brauchtest Du Schutz, sonst wurdest Du heillos verprügelt, noch dazu als Sohn eines Lehrers. Da konntest Du Dich nicht raushalten. Du musstest einfach einer der Banden angehören, natürlich der aus Deinem Stadtteil.

Der Ludwig war der Anführer, kräftige Fäuste, dachte der Präsident. Ohne Freunde wirst Du verprügelt, hat er zu mir gesagt, der Ludwig. Bandenmitglieder müssen einander helfen.

Wie kann ich zu Eurer Bande gehören, was kann ich für Dich tun? Das habe ich daraufhin den Ludwig untertänig gefragt, dachte der Präsident. Die Hausaufgaben, hat er gesagt, ich will die Hausaufgaben abschreiben. Das ging klar, und der Ludwig hat Wort gehalten. Wie sich der als Bandenchef ins Zeug gelegt hat, um mich zu beschützen! Was aus dem wohl geworden war? Der Präsident war jetzt entschlossen, nachzufragen.

Die Begrüßung war zu Ende. Sie kamen näher, betraten das Gebäude. Der Wachtmeister an der Pforte hatte sich entschieden. Darf ich Ihnen die gute Seele des Hauses vorstellen, quasi unser Aushängeschild, der, mit dem die Bürgerinnen und Bürger häufig als erstes zu tun haben, Herrn Krebs, unseren Wachtmeister an der Pforte, kurz vor dem Ruhestand, sagte der Direktor.

Wie geht es denn meinem Schulkameraden Ludwig, frage der Präsident. Sie sind, glaube ich, sein Vater. Ja, sagte der Wachtmeister. Der Ludwig hat sich anders entwickelt als Sie. Er kann seine Fäuste einfach nicht stillhalten. Aber, sagte er, Sie wissen das ja von früher. Es gab eine Zeit, da war er noch nützlich und erwünscht. Das ist wirklich schade, sehr schade, murmelte der Präsident vor sich hin und ging betrübt weiter.

110

18. Kapitel

Über das, was bevorsteht

Es war wieder Herbst geworden. Der Hörsaal füllte sich. Die Besucher waren in Festlaune, sie kamen zu einer Feierstunde. Die Kleidung war dem Anlass angepasst. Im Anzug die Herren, im Abendkleid, meist im kurzen, ebenso aber auch im Hosenanzug die Damen. Ein Teil der Besucher war im Studierendenalter, ein anderer Teil mindestens eine Generation älter.

Die Studierendenvertretung hatte zur Examensfeier geladen. Es galt die Erste Juristische Prüfung zu würdigen, deren Ergebnisse sich aus einer Universitäts- und einer Staatsprüfung zusammensetzen. Die Studierenden hatten Freunde, Geschwister, zumeist aber ihre stolzen Eltern mitgebracht. Jedes Jahr zwei Prüfungstermine, jedes Jahr zwei Abschlussfeiern mit entsprechenden Reden.

„Mit juristischen Kenntnissen und juristischer Kunstfertigkeit allein ist es zumeist nicht getan. Denken Sie nur an die Schwierigkeiten richterlicher Überzeugungsbildung. Welchem Zeugen glaube ich, welchem nicht? Denken Sie daran, dass Ihre überzeugende Wirkung als Anwalt nicht nur von der juristischen Qualität Ihrer Argumente abhängt. Da können noch so sehr recht haben, Sie müssen im Gespräch mit Ihrem Mandanten auch kompetent erscheinen und Zugang zu ihm finden.

Oder, um es besonders knifflig zu machen: Regeln Sie doch bitte für ein bestimmtes Wochenende das Umgangsrecht eines von seiner Ehefrau seit drei Jahren getrennt lebenden Vaters mit seinem 8-jährigen Sohn, wenn der Sohn bei der Mutter und deren neuem Lebensgefährten lebt, die Eheleute hundertfünfzig Kilometer entfernt von einander wohnen, die Mutter den Sohn noch nicht für fähig erachtet, per Bahn zu reisen, die Autostrecke zwischen den Wohnsitzen häufig staubelastet ist, die Mutter auf Pünktlichkeit bei der Übergabe Wert legt, der Vater sich unter Hinweis auf den Stau öfter verspätet, die Mutter zu Beweiszwecken auf schriftlicher Kommunikation besteht, der Vater nicht mit dem Lebensgefährten zusammentreffen sollte, weil sonst zumindest verbale Straftaten drohen, der Sohn gewährleistet haben will, dass er als Leistungsträger der Mannschaft ein wichtiges Fußballturnier mitspielt, zu dem Turnier aber auf keinen Fall durch den Vater gebracht werden soll, weil die Mitspieler den Lebensgefährten für den Vater halten und die Existenz eines weiteren Vaters nicht aufgedeckt werden soll, das Turnier am Samstagnachmittag am Wohnsitz der Mutter stattfindet und der Vater dadurch sein ganzes Wochenende, auf das er schließlich ein Anrecht habe, versaut sieht. Lösen Sie den Fall so, dass alle möglichst heil an Leib und Seele bleiben, am besten alle glücklich und zufrieden sind! Sie sehen: Hier brauchen Sie weniger Rechtkenntnisse als starke Nerven, Einfühlungsvermögen, Überzeugungskraft und Organisationstalent. Aber: Wenn Sie das hinbekommen haben, welch zauberhafter Augenblick des Glücks!"

Heinrichs Grußwort war zu Ende. Gerne überließ er seinen Vorrednern den Part des Rückblicks auf die Jahre des Studiums, die Darstellung der Mühen der Prüfung, die Erläuterung der Examensergebnisse. Beliebt war, den Angehörigen zu erklären, wie schwer es sei, das Juraexamen überhaupt zu bestehen, auf dass auch die Note „ausreichend" bereits aller Ehren und aller Geschenke wert sei. Heinrich war als örtlicher Prüfungsleiter eingeladen, verantwortlich für die Durchführung der Staatsprüfung vor Ort, eine Aufgabe, die er neben der Gerichtsleitung noch behalten hatte.

Heinrich mochte die Veranstaltung, den Blick in die zukunftsfrohen Gesichter, die eine weitere Etappe hinein in ihr Berufsleben hinter sich gebracht hatten. Mit dem Examen hielt er sich in seinem Grußwort nicht lange auf. Er sah sich als Brückenbauer, als einen, der die Abschlussprüfung organisiert hatte, die Studierenden aber jetzt begleitete bei ihrem nächsten Schritt hinein ins Referendariat, in eine Zeit erster praktischer Erfahrungen, zunächst bei Gericht. Viele der Absolventen würde er in Bälde wieder sehen, wenn sie in der Referendargeschäftsstelle vorbeikamen oder die Richterinnen und Richter in die Sitzungen begleiteten und unter deren Aufsicht Zeugen vernahmen.

Die eigentliche Feierstunde war vorüber, die Examenszeugnisse waren verteilt, die Preise für die Besten, gestiftet von Rechtsanwaltskammer und Ehemaligen-Vereinigung übergeben. Der Hörsaal leerte sich wieder, im Foyer wurden Sekt, Orangensaft und Knabbereien gereicht.

Heinrich stand neben dem Dekan, der sich für das Grußwort bedankte. Ja, sagte Heinrich, meine vorletzte Examensfeier. Noch eine im Frühjahr, dann bin ich im Ruhestand. Heinrich hatte die sich häufenden Nachfragen, wie lange man denn noch „auf ihn bauen" könne, satt und war in einer Art Vorwärtsstrategie dazu übergegangen, die Thematik selbst anzusprechen statt darauf zu warten, wie sich einzelne Gesprächspartner, manche etwas verdruckt, der Frage nach seiner Restlaufzeit näherten.

Frau Pfandknecht, die Professorin an der katholisch-theologischen Fakultät gesellte sich zu ihnen. Mein Neffe, sagte sie, gehört zu den Absolventen. Außerdem war ich auf Ihre Grußworte gespannt. Von Ihrer Rhetorik hat schon mancher geschwärmt, und jetzt gehöre ich auch dazu. Und wie um ihre Worte bestätigen zu wollen, nickte sie beiden zu, wechselte dann allerdings ihren Gesichtsausdruck.

Herr Mai, sagte sie ich habe eine schlechte Nachricht. Das geplante interdisziplinäre Seminar „Reden über Gerechtigkeit" fällt mangels ausreichender Studierendenbeteiligung aus. Dabei hatte ich mich schon so auf Ihre Teilnahme gefreut.

Heinrich war enttäuscht, bewahrte aber Haltung. Er war in seiner Vorbereitung schon ein gutes Stück vorangekommen und hatte ein wenig zur Aufarbeitung des NS-Unrechts durch die Nachkriegsjustiz referieren wollen. Konnten Richter der NS-Zeit später belangt werden, wenn sie als reines Machtinstrument funktioniert, nicht aber nach Gerechtigkeit und Wahrheit gesucht hatten?[15] Schade, sagte er, ich hätte über Gerechtigkeit und Wahrheit gesprochen. Ich kann es bei meinem letzten Examensgrußwort verwenden, dachte er bei sich. Dann war die Arbeit nicht umsonst gewesen. Mir stehen ohnedies noch einige Abschiedsreden bevor. Gut, wenn ich rechtzeitig Material sammle.

Wahrheit, sagte Frau Pfandknecht nachdenklich, Wahrheit, das wäre auch so ein Begriff, über den zu sprechen sich lohnt. Da könnte ich Sie auch einbinden. Wenn ich da nur an das Evangelium nach Johannes denke, für das der Begriff der Wahrheit von zentraler Bedeutung ist. Wahrheit im Kontext der Unterscheidung von Gut und Böse, von Licht und Dunkelheit.

---

[15] Vgl. exemplarisch Landgericht Augsburg, Urt. v. 15.10.1955 – 1 Ks 21/50, in: Rüter (Hg.), Justiz und NS-Verbrechen, Sammlung deutscher Strafurteile wegen nationalsozialistischer Tötungsverbrechen 1945 – 1966, Bd. 13, 1975, S. 287 – 324 (Lfd. Nr. 420a- 1); ausführlich hierzu Koch, „Der Huppenkothen-Prozess", in: Koch/Veh (Hg.), Vor 70 Jahren – Stunde Null für die Justiz? 2017, S. 131 – 157. Die Herausgeber*innen

Mein ehemaliger Lehrer Gutspecht hat das Evangelium aus dem Griechischen neu übersetzt, sagte Heinrich, die Gelegenheit nutzend, sich nach Gutspecht erkundigen zu können. Nein, sagte sie. Nie gehört. Jetzt kam Heinrich in Fahrt. Gutspecht übersetzt den ersten Satz mit „Im Anfang war der vernünftig waltende, schöpferische Geist". Logos, sagt er, ist mit „Wort" viel zu schwach übersetzt. Mag sein, erwiderte Frau Pfandknecht. Ich bin keine Expertin für Altgriechisch. Aber, sagte sie, haben Sie nicht neulich auf das grandiose Klangbild der Vokale in dem uns geläufigen Text hingewiesen. An diesem „I", dem vierfachen „A" und dem anschließenden „O" sollte man nichts ändern.

§ 19   Tor ist nicht gleich Tor

Liebe Leserin, lieber Leser,

sicher ahnen Sie[16], dass ich bald an ein Ende komme. Immerhin sind wir beim Buchstaben T angelangt, und so sehr ich mich zwischendurch im Schreiben an keine Reihenfolge gehalten, sondern meinen Einfällen gefolgt bin, so penibel bin ich beim Schluss. § 1 habe ich als erstes verfasst, § 19 und die nachfolgenden Abschnitte schreibe ich zuletzt. Das wird gar nicht so einfach, kommt doch jetzt noch manch exotischer Buchstabe, sodass ich mir nicht sicher bin, ob ich da nicht das eine oder andere zusammenfasse.

Soll ich wirklich noch etwas zu Y schreiben? Schon das Q war schwierig, obwohl ich neuerdings so viel Stoff habe, dass ich zwischenzeitlich geneigt war, § 16 umzuschreiben und mit meinen gegenwärtigen Sorgen anzureichern. Ich habe es sein lassen.

Jedenfalls: Das Ende ist nahe, und was liegt näher als nach den herumliegenden losen Fäden zu suchen und verlorene Fäden wieder aufzugreifen. Erinnern Sie

---

[16] Die Anrede umfasst auch diejenigen Leser, die Heinrich duzt, insbesondere auch seine Familienmitglieder, die er in § 1 als besondere Adressaten seiner Texte benennt. „Sie" ist also stets auch als "Du" zu verstehen. Anmerkung des Autors

sich noch an den jungen Ministerialbeamten und sein Fußballspiel? Wie hieß es da? „Mai lieferte seinen bislang besten (und für lange Zeit letzten) Auftritt. " Spinnen wir einfach diesen Faden fort, so stellen wir uns jetzt einen späteren Auftritt vor.

Das letzte Spiel seiner Justizfußballmannschaft stand an. Besser hätte es bei dem Turnier nicht laufen können. Die Seinen standen im Finale gegen ihren Erzrivalen, das Team aus der Metropole der fränkischen Justiz, letztere wie immer angetrieben durch den unermüdlichen Präsidenten Neufried, der die Mannschaft coachte. Mai dagegen hielt sich mit Kommentaren zurück, überließ die Betreuung vom Spielfeldrand Herrn Bäcker, dem erfahrenen Chef seiner Wachtmeister. Die Zeiten, in denen unterschiedliche Dienstgrade gegen einander antraten, waren vorbei. Gerade wenn es gegen die Franken ging, brauchte man die besten Kräfte aus allen Laufbahngruppen.

Er gehörte schon rein altersbedingt selbstverständlich nicht mehr zur Kategorie der Besten. Nichtsdestotrotz stand er bereit, im Trikot des Ehrenspielführers, welches sie ihm einst in Würdigung seines Einsatzes ausgehändigt hatten. Noch war er dabei, konnte ein paar Minuten einspringen, wenn einzelne Spieler im Laufe eines langen, kräftezehrenden Turniers Erholung nötig hatten.

Das gesamte Turnier über war er nicht zum Einsatz gekommen, weil sie sich bis hierher eher durchgezittert hatten als souverän zu gewinnen. Jetzt ging es gegen ihren schärfsten Rivalen während der letzten Jahre, das mutmaßlich ehrgeizigste aller Teams, befeuert vom wohl ambitioniertesten aller Chefs, einem, der am Spielfeldrand toben konnte wie kein Zweiter und mit dem man sich außerhalb des Turniergeschehens bestens austauschen und kollegial zusammenarbeiten konnte. Das Finale würde für die Seinen bestenfalls eng werden, auch eine Klatsche war nicht auszuschließen. Ihn einzuwechseln, kam realistischerweise nicht in Frage. Und dennoch war er bereit, sollte es soweit kommen.

Wie würden sich die neuen Spielregeln auswirken? Fußball war ja kein reiner Mannschaftssport mehr. Die Zeiten, in denen es allein darum gegangen war, als Mannschaft die Meisterschaft oder einen Turniersieg zu erringen, waren vorüber. Mindestens ebenso wie das Mannschaftsresultat zählte die Einzelwertung, die Meisterschaft der Feldspieler bzw. der Torhüter. Nach jedem Spiel wurden die nach dem neuen System für die einzelnen Spieler ermittelten Punktwerte bekannt gegeben und die „Feldspieler des Matches" ausgezeichnet. Daraus ergab sich auch ein Zwischenstand in der Gesamtwertung.

Je drei Spieler aus beiden Mannschaften kamen noch für den Turniersieg in der Einzelwertung in Frage. Nicht unproblematisch. Sollte der für einen Torerfolg aussichtsreichste Spieler mit einem Pass bedient werden oder würden die Kandidaten für den Einzelgesamtsieg nur an sich selbst denken und auch aus ungünstigerem Winkel aufs Tor ballern, um der eigenen Chancen willen?

Ein bemerkenswerter Teamgeist, dachte der Ehrenspielführer. Sie spielen auf den Mannschaftssieg, nicht auf Einzelwertungen. Keiner hat bisher auf die Abgabe zum besser Platzierten verzichtet, nur um selbst das Tor zu erzielen.

War das mannschaftsdienliche Spiel auf seine Ansprache in der Kabine zurückzuführen? Das schönste Geschenk, das Ihr mir machen könnt, ist der Sieg gegen die Franken, hatte er gesagt. Das ließ sich gut an.

4:0. 15 Minuten vor Schluss hieß es 4:0. Die Seinen führten. Der Präsidentenkollege aus Franken war außer sich. Die Franken blockieren sich gegenseitig, hatte Bäcker, der Coach, sehr bald bemerkt. Die gönnen sich gegenseitig keinen Ballkontakt. Wie eine E-Schülermannschaft.

Das ist das Vertrackte am neuen System, dachte der Ehrenspielführer. Die Spieler wissen ja nicht einmal, was jeweils für die Einzelwertung zählt. Kommt es wirklich auf die meisten Ballkontakte, angekommenen Pässe, gewonnenen Zweikämpfe, Torschüsse an oder doch auf den schnellsten (oder den längsten?) Sprint. Die Wertungskomponenten für jedes Spiel waren geheime Kommandosache, festgelegt durch die Turnierleitung und wurden erst nach dem jeweiligen Spiel zusammen mit der errechneten Punktzahl bekannt gegeben.

Bäcker riss ihn aus seinen Überlegungen. "Wollen Sie ran, Herr Präsident?" 5 Minuten warmlaufen, dann könnten sie noch 10 Minuten mitspielen. Teil der Siegermannschaft, na, das wär' doch was. Das ließ sich der Präsident und Ehrenspielführer nicht zweimal sagen. Noch einmal aufs Spielfeld! Flugs zog er das reguläre Spielertrikot über und begann, sich für den Einsatz vorzubereiten.

Und dann lief er noch einmal auf. Die schicken Ihren alten Präsidenten aufs Feld. Der zählt nicht. Auf geht's. Gegen zehn geht doch noch was, versuchte Neufried sein Team zu ermuntern. Das ist Deine Chance, dachte der alte Ehrenspielführer. Sie werden Dich nicht für voll nehmen. Eigentlich kannst Du machen, was Du willst. Und so irrlichterte er, von Bäcker darauf eingestellt, sich vorne herumzutreiben, ein wenig vor dem gegnerischen Strafraum, von niemandem, auch nicht von den eigenen Leuten, recht beachtet.

Einerseits stand er im Weg, andererseits aber auch wieder nicht. Denn als einer seiner Mitspieler einen halbhohen Schuss auf das Tor der Franken abfeuerte, da versperrte er derart die Flugbahn des Balles, dass dieser seinen Oberschenkel traf, dadurch seine Richtung veränderte und in die rechte anstatt in die linke Torecke flog, eine Veränderung, auf die der Torhüter, bereits in die linke Ecke unterwegs und in der sicheren Erwartung, diesen Ball mit Leichtigkeit ins Toraus lenken zu können, nicht mehr reagieren konnte, auf dass der Ball knapp neben dem rechten Torpfosten die Torlinie überschritt. Damit war das 5:0 erzielt und der Präsident konnte als Torschütze verzeichnet werden, hatte er doch dem Ball die entscheidende Richtungsänderung gegeben.

Groß war die Begeisterung, als das Team den Siegerpokal in Empfang nahm. Groß war die Überraschung, als die Turnierleitung die drei besten Feldspieler des Finales bekannt gab. Wie Sie wissen, sagte der Sprecher der Turnierleitung, werden für jedes Spiel drei Kategorien bestimmt, zwei konventionelle, bereits etablierte und eine jeweils neue, von der Turnierleitung außerhalb des gängigen Regelwerks bestimmte. Die ersten beiden Auszeichnungen gehen an den Spieler mit dem schnellsten Sprint über mindestens 50 Meter und den mit den meisten beim Mitspieler angekommenen Pässen über mindestens 40 Meter. Die dritte Auszeichnung geht an den Spieler mit der höchsten Quote an Ballkontakten mit unkonventionellen Körperteilen, jeweils in Bezug auf seine Einsatzdauer. Dabei zählen Ballkontakte, die zugleich als erfolgreicher Pass gewertet werden können, doppelt, Torschüsse ebenfalls doppelt und erzielte Tore dreifach. Sie, Herr Präsident, kommen mit Ihrem ungewöhnlichen Oberschenkelschuss auf 3 Punkte, erzielt in einer Einsatzzeit von 10 Minuten, also auf eine Quote von 0,3 pro Minute. Damit, Herr Präsident, sind Sie Sieger in dieser Kategorie und einer der Spieler des Matches. Herzlichen Glückwunsch. Da applaudierten alle, auch Präsidentenkollege Neufried, ein fairer Sportsfreund. Der Geehrte stellt sich allerdings die Frage, ob bei dieser Auszeichnung alles mit rechten Dingen zugegangen war. Rasch verwarf er den Gedanken wieder. Wer, so dachte er, konnte sich denn bei einem Justizturnier etwas Anderes als penibel eingehaltene Regeln vorstellen?

19. Kapitel

Über den Abschied

Diejenigen Ereignisse häuften sich, die für Heinrich zum letzten Mal stattfanden.

Es kamen die Jahrestagungen, bei denen die Tagungsleiter darauf hinwiesen, wer das nächste Mal nicht mehr dabei sein würde. Verabschiedungsworte, mal länger, mal kürzer, fast im Stakkato vorgetragen, weil der Terminplan durcheinandergeraten und das die Tagung abschließende Mittagessen überfällig war, weshalb die Küchenleitung bereits mahnte, ihr Zeitplan bei der hinter einander geschalteten Verabreichung des Essens an verschiedene Gruppen gerate aus den Fugen. Worte des Dankes, mal routinierte Allerweltsworte, die, hätte man nicht gewusst, auf wen sie sich bezogen, nicht hätten zugeordnet werden können, mal aber auch Worte, die Heinrich nahe gingen, Ausdruck individueller Wertschätzung, Worte, von denen er sich angesprochen fühlte. Manche Verabschiedung von einzelnen Kolleginnen und Kollegen fiel kurz aus, würde man sich doch bei der feierlichen Feststunde zum Amtswechsel nochmals treffen.

Zum letzten Mal galt es, die Jahresgeschäftsverteilungen zu beschließen. Unbeantwortete Nachfragen, wer ihm denn nachfolgen würde, häuften sich. Spekulationen machten die Runde, zumal einer, von dem angenommen werden konnte, er könne etwas wissen, auf Nachfrage einer Verwaltungsmitarbeiterin erklärt hatte, es komme ein „sehr Netter", eine Beschreibung, die einerseits auf eine Reihe von Kollegen passte, andererseits die Debatte auslöste, ob mit dieser Äußerung feststehe, dass wieder ein Mann das Amt übertragen bekomme. Auch der eine oder andere fraglos sachlich begründete Anruf in der Verwaltungsabteilung war geeignet, die Vermutung auszulösen, da wolle ein möglicher Aspirant das Terrain erkunden.

Abschied nehmen, das hieß organisatorische Planung, schon hatte er den Justizchor engagiert, schon hatten Richterrat und Personalrat vorgesprochen, schon galt es, mit dem Ministerium Rücksprache wegen des Terminplans des Ministers zu nehmen.

Abschied nehmen, das hieß aber auch Rückblick und Bilanz. Was konnte, was sollte Heinrich in einer Abschiedsrede sagen, wem galt es zu danken? Was konnte, was sollte man der durch die Medien vertretenen Öffentlichkeit vermitteln?

Heinrich dachte an die Kriterien, nach denen Richter beurteilt wurden. Gerade war er damit wieder, ein letztes Mal, befasst.

Von „Entschlusskraft" war da die Rede, manchmal auch mit „Entscheidungsfreude" umschrieben. War es das, was den guten Richter ausmachte? Gewiss, zu Recht wurde eine Entscheidung erwartet, nach sorgfältiger und gewissenhafter Prüfung musste ein Urteil gefällt werden. Wer sich nicht entscheiden konnte, war fehl am Platze. Dazu war Kraft erforderlich. Das durfte und konnte nicht immer leichtfallen.

Entschlusskraft? Ja. Entscheidungsfreude? Genauer betrachtet störte das Wort Freude. War es nicht auch eine Last, entscheiden zu sollen? Die Last der Verantwortung, die zu tragen war, ohne daran zu zerbrechen. Die Last, die, und das war die andere Gefahr, gar nicht mehr als Last erkannt wurde. Was, wenn der Entscheider zum Entscheidungsautomaten mutierte, den nichts mehr belastete?

Die Verantwortung konnte aber auch nahezu untragbar werden. Entscheidung über Leben und Tod, wenn sich Betreuer und Arzt nicht über den Abbruch der Behandlung eines Komapatienten einigen konnten und das Gericht über die Genehmigung eines Abbruchs und die Frage zu befinden hatte, was der Komapatient, dessen „Wiedererwachen" nicht zu erwarten war, wohl gewollt hätte. Heinrich kannte diese Last und war froh, sie nicht alleine getragen zu haben.

Allerdings wurden sämtliche Gedanken, ob „so etwas" angesprochen werden konnte, hinfällig, weil die Pandemie ins Land zog, sämtliche Feierlichkeiten entfielen, die Urkunde, mit der der Eintritt in den Ruhestand festgestellt wurde, nicht überreicht, sondern per Post zugesandt wurde und in einem Begleitschreiben der persönliche Dank für alles, was Heinrich für die Justiz geleistet hatte, übermittelt und mit vielen guten Wünschen für seinen weiteren Lebensweg verbunden wurde.

Das wäre es fast gewesen, wenn sich nicht eine Vielzahl von Kolleginnen und Kollegen, Mitarbeiterinnen und Mitarbeiter mit Worten und Gesten herzlicher Verbundenheit in Einhaltung coronabedingter Abstände und Regeln von ihm verabschiedet und ihm eine Freude bereitet hätten. [17]

§ 20   Wer ein V als halbes W verkauft, kann anderen auch ein X für ein U vormachen

Über diesen Satz werden und sollen Sie sich wundern. Vier Buchstaben in einen Paragraphen gepackt. Erinnern Sie sich an meinen Text zu § 19? Ich habe Ihnen doch angekündigt, dass ich mit dem Gedanken ringe, nicht mehr zu jedem Buchstaben etwas zu verfassen. Na also, da haben wir das Resultat. Mit dieser Überschrift erledige ich U, V, W und X in Einem. Und von diesem Y, das kann ich bei der Gelegenheit gleich mit ankündigen, lasse ich ganz die Finger.

Sollten Sie jetzt enttäuscht sein, wäre das ein gutes Zeichen. Sie hätten gerne noch mehr Text von mir bekommen? Ein größeres Lob kann ich mir gar nicht vorstellen, gibt es doch nichts Schlimmeres als Bücher, deren Ende vom Leser herbeigesehnt wird. Erschließt sich Ihnen der Paragraphentext noch nicht ganz? Na, dann warten Sie die dazugehörige Geschichte ab und bedenken Sie die Herkunft des „X für U"-Spruchs, die unschwer im Internet aufzuspüren ist. Da passt das V ebenso wie das Halbieren dazu. Aber ein V ist doch wirklich ein halbes W? Na, dann lesen Sie doch einfach mal weiter. Also dann.

Die Beisitzer der 13. Zivilkammer waren unzufrieden. So leistungsfähig sie auch waren, sie sahen sich ungerecht behandelt. Musste man Ihnen denn alles aufs Auge drücken? Die Verteilung der Zuständigkeiten war schlicht unausgewogen. Genügte es nicht, dass sie es nach ihrer Wahrnehmung besonders häufig mit renitenten Anwälten zu tun hatten, die durch ihre wirren Schriftsätze alles nur

---

[17] Es ist zu betonen, dass Heinrich Mai sich stets bewusst war und ist, dass die Beeinträchtigung seines Abschieds ein Nichts ist gegenüber dem Leid, das andere getroffen hat. Anmerkung des Autors

120

verkomplizierten? Nein, auch die Eingangszahlen waren schlicht höher als die der anderen. Das war statistisch klar belegbar, wie einer von ihnen, ein besonders Zahlenverliebter, eindeutig festgestellt hatte. Die Geschäftsverteilung taugte einfach nichts. Sie ordnete die Verfahren nach den Anfangsbuchstaben der Beklagten zu. Die Kammermitglieder hatten, so waren sie sich einig, zu viele Verfahren.

Wie aber sollte sich etwas ändern? Über die Geschäftsverteilung entschied das Präsidium, welches, extrem unbeweglich und unbeeindruckt von Zahlen, seit Jahren am immer gleichen Verteilungssystem festhielt.

Stets alles beim Alten lassen, so lautete offensichtlich die Devise einer, wie man hörte, Mehrzahl von Präsidiumsmitgliedern. Wer nichts verändert, bekommt am wenigsten Ärger, war deren Motto.[18] Gerade deshalb, so waren sich die drei jungen Kammermitglieder einig, musste sich die Zusammensetzung des Präsidiums ändern. Die Präsidiumsmitglieder wurden mit Ausnahme des Präsidenten, der den Vorsitz innehatte, gewählt, alle zwei Jahre die Hälfte davon. Da galt es anzusetzen. Schon ein einziges neues Mitglied konnte die Mehrheitsverhältnisse verändern. Einen offiziellen Wahlkampf gab es nicht. Alle Richter waren wählbar und standen auf dem Stimmzettel. Für sich selbst zu werben und allzu forsch das Interesse, gewählt zu werden, zu verkünden, galt ebenso als unfein wie Desinteresse zu bekunden. Das Amt war Ehre und Verpflichtung.

Auf der anderen Seite fragten sich viele Wähler, wem sie denn sinnvollerweise ihre Stimme geben sollten. Darin bestand ja das Dilemma. Da gab es auf der einen Seite die Gruppe derer, die einfach die „altbewährten" Kräfte wieder wählten. Wer Veränderung wollte, musste sich absprechen, um eine allzu große Zersplitterung der Stimmen zu vermeiden. Gewählt waren schließlich die vier mit den meisten Stimmen. Die jungen Kammerbeisitzer gingen die Gespräche unter den jüngeren Kollegen offensiv an. Sie entschlossen sich, für Felsenstein, den Vorsitzenden ihrer Kammer zu werben. „Wir brauchen einen, der offen für Veränderung ist und genügend Autorität hat, um ernst genommen zu werden.

---

[18] Es ist darauf hinzuweisen, dass die Geschichte fiktiv ist und mit der gegenwärtigen Realität nichts zu tun hat. Die von der Richterschaft gewählten Präsidiumsmitglieder achten vielmehr akribisch auf eine gleichmäßige Verteilung der Aufgaben und Belastungen, wie die stetigen Anpassungen der Geschäftsverteilungspläne eindrucksvoll belegen. Anmerkung des Autors

Wir könnten doch zum Beispiel den Felsenstein wählen, der ist für gerechte Aufgabenverteilung nach tatsächlicher Belastung, nicht nach der Methode, es sei schon immer so gewesen." So raunte es durch die Gerichtsflure mit dem Ergebnis, dass unter anderem auch Felsenstein neu ins Präsidium gewählt wurde.

Da war die Freude unter seinen Kammermitgliedern groß und Felsenstein überrascht, war ihm doch die Kampagne seiner jungen Kollegen verborgen geblieben. Felsenstein fühlte sich geehrt, überprüfte pflichtgemäß nochmals die Zahlen, sah bestätigt, dass die Mitglieder der 13. Zivilkammer tatsächlich besonders viele Verfahren zugeteilt erhalten hatten, und meldete beim Gerichtspräsidenten Schmiedel das Begehren an, die Aufgabenverteilung gerechter auszugestalten, die Geschäftszahlen zu überprüfen und Überlastungen auszugleichen.

Einige Wochen später war die Stimmung in der vormittäglichen Kaffeerunde der 13. Zivilkammer erneut blendend. Vorsitzender Felsenstein konnte einen beeindruckenden Erfolg vorweisen, die Überlastung der 13. Zivilkammer war anerkannt, die Geschäftsverteilung geändert. Unsere Verfahrenszahlen werden deutlich zurückgehen, berichtete Feuerstein. Mit ausdrücklicher Unterstützung des Herrn Präsidenten, betonte er, war es gelungen, die Verteilung zu modifizieren. Stellen Sie sich vor, sagte Felsenstein, der vorab vom Präsidenten dazu angehörte Kollege Kindermann hat, mit seinen deutlich niedrigeren Fallzahlen konfrontiert, von sich aus vorgeschlagen, die Zuständigkeiten nach den Anfangsbuchstaben W und V zu tauschen. Seine Kammer bekommt unser W, wir nehmen sein V. Schauen Sie mal ins Telefonbuch, erklärte Feuerstein, es gibt mehr als doppelt so viele Nachnamen, die mit W beginnen als mit V. Soviel Fairness hätte ich Kindermann gar nicht zugetraut.

Den Pferdefuß erkannten sie später. Hinter dem Buchstaben V verbarg sich die Zuständigkeit für alle Streitigkeiten von Vereinsmitgliedern gegen ihren Verein, jedenfalls dann, und das waren viele, wenn der Vereinsname mit V („Verein für") begann.[19] Kollege Kindermann war der Vereinsmeierei schlicht überdrüssig geworden.

---

[19] Die fiktive Geschichte spielt in der Vergangenheit. Jetzt wäre mit V außerdem ein gewisser, massenhaft verklagter Autokonzern zu verbinden. Anmerkung des Autors

Manch einer meint zudem, Kindermann habe insbesondere mit vereinsmäßig organisierten Hundehaltern und ihren Hunden „wenig am Hut gehabt."[20]

20. Kapitel

Über Buchstabenkombinationen

Die Tage wurden wieder kürzer. Der Sommer der Lockerungen, der eine Hochzeitsfeier, Präsenztanzen im Tanzkreis, einen Besuch in Berlin (Philharmonie und Restaurantbesuch inbegriffen) und Trainerstunden zur Verbesserung des Golfschwungs ermöglicht hatte, war vorüber. Der Liegestuhl suchte nicht mehr den Schatten, sondern die Sonne. Außenkontakt lief über Zoom einschließlich der Begleitung von Tanzstunden im Wohnzimmer.

Die reduzierten Möglichkeiten der Zerstreuung schärften die Sinne, die Sensibilität für Entwicklung und Veränderung. Wie leicht man sich aber auch in all den Plattformen und Formaten verlaufen konnte. Haarsträubend, wie namentlich in den USA mit Fakes Meinung manipuliert werden konnte. Jede Menge Anlass zur Beunruhigung angesichts der Zweifel, ob Unterlegene an dem Brauch festhalten würden, ihre Niederlage zu akzeptieren. Drohten auch Deutschland amerikanische Verhältnisse? Wie stark waren realitätsleugnende Quallenbewegungen?

Bei sich wiederholenden Spaziergangs- und Einkaufsrouten ließ sich die vermeintliche Eintönigkeit durch gesteigerte Wahrnehmung von Veränderungen abmildern. Wie wandelte sich das Sortiment? Wann kam die Weihnachtsware in die Regale der Konditorei? Wann verlor welcher Baum am Wegesrand seine Blätter?

Aber auch in der unmittelbaren Umgebung fiel Heinrich so einiges auf, was er vorher nicht wahrgenommen hätte. Manch einer entdeckte vor dem Winter

---

[20] Vgl. auch § 8 Hund ist (nicht) Hund. Die Herausgeber*innen

noch den Handwerker in sich oder ließ handwerkern, sei es, dass noch rasch Türen, Fenster oder Balkonverkleidungen neu gestrichen oder dass Trennwände zwischen den Gärten erneuert wurden.

Selbst einen veränderten Fuhrpark nahm Heinrich wahr. Hatten die Schlossers jetzt tatsächlich ihren alten VW Diesel durch einen hybriden Toyota ersetzt! An den alten erinnert nur das Autokennzeichen, wie Heidrun bemerkt hatte. Wieder die Anfangsbuchstaben ihres Vor- und Nachnamens: J S.

Das mit den Namen ist ja nichts Ungewöhnliches, sagte Heinrich zu seiner Frau. Wir halten es schließlich genauso. Wahrscheinlich werden die meisten Autokennzeichen nach diesem Kriterium ausgewählt. Bist Du da sicher? meinte Heidrun leichthin. Vielleicht ergibt sich ja aus dem Autokennzeichen ein Wort mit drei Buchstaben. Das kann witzig sein. Oder die Zugehörigkeit zu einer Organisation unterstreichen.

Ach herrje, sagte Heinrich. Stell Dir vor, Dein Kennzeichen läse sich (Heinrich war ein geradezu fanatischer Anhänger des korrekten Gebrauchs des Konjunktivs, selbst beim Sprechen!) plötzlich wie das Bekenntnis zu einer neu aufgekommenen Partei, mit der Du vielleicht gar nichts zu tun haben willst? Oder wie ein Statement für eine Politikerin?[21]

Interessant war sie ohne Zweifel, die Überlegung, was sich denn hinter den einzelnen Autokennzeichen verbarg. Die Auswahl eines Wunschkennzeichens kostete eine Zusatzgebühr von 10,20 €. War es das wert? Oder ließen sich die meisten einfach ein Kennzeichen zuteilen?

Heinrichs Neugierde war geweckt. Er begann, Autokennzeichen zu studieren. Vieles ließ sich gut mit Namensinitialen erklären, anderes als humorvolle Suche nach Wörtern mit drei Buchstaben. Vor allem Kennzeichen mit im Alltagsgebrauch selten verwendeten Buchstaben weckten sein Interesse. Dafür, dass sowohl Vor- als auch Nachnamen, die mit Q beginnen, doch eher selten sind, entdecke ich relativ viele Autokennzeichen mit Q, teilte er Heidrun mit.

---

[21] Wir sind uns dessen bewusst, dass Sie erkennen, worauf hier angespielt wird. Nur um zu unterstreichen, dass auch wir die Sätze zu enträtseln in der Lage sind, geben wir in der nächsten Fußnote den ersten Buchstaben des Autokennzeichens bekannt. Die Herausgeber*innen

Was heißt hier relativ viel, meinte Heidrun. Gerade weil Q ein Exot ist, fällt Dir der Buchstabe jetzt besonders auf. Interessierst Du dich für ein ordinäres B genauso? Das war auf alle Fälle ein Argument, dachte Heinrich. Und, sagte Heidrun, vielleicht gibt es Kombinationen, die etwas anderes bedeuten als die Initialen eines Namens.

Und tatsächlich: Die Stadt hatte es ja soeben in die Reihen derer geschafft, die ein UNESCO-Welterbe vorweisen konnten. Wie schön, dass sich einzelne Stadtbewohner mit ihrem Autokennzeichen zu diesem Erbe (in seiner lateinischen Sprachfassung) bekannten. Darauf konnte man wirklich stolz sein.[22]

§ 21 Weihnachten wirkt Wunder

Sind Sie jetzt enttäuscht? Ich verstoße gegen meine eigenen Ankündigungen. Denen zufolge wäre von mir nur noch ein Text mit Z in der Überschrift zu erwarten gewesen. Allerdings ist mir noch ein Gedanke zum Buchstaben W gekommen, den ich loswerden möchte. Ich verspreche: Der diesem Paragraphen gewidmete Text wird nicht allzu lang, und er soll auch nicht sentimental geraten, auch wenn der Titel das befürchten lässt.

Es war eine winzige Abweichung, die den Stein ins Rollen brachte. Die Weihnachtsgrüße, die der Konzern an seine Kunden versandte, waren geschäftsmäßig konventionell, ein Firmenlogo, ein Weihnachtssymbol und ein kurzer Text, der unter anderem frohe Weihnachten und alles Gute für das neue Jahr wünschte. Keine individuelle Ansprache, nichts, was das Herz irgend berührte, eine Nachricht, die, hätte sie nicht diese eine Abweichung vom Gewohnten aufgewiesen und wären diese Weihnachten nicht ganz besondere

---

[22] Das Augsburger Wassermanagementsystem ist 2019 zum UNESCO-Weltkulturerbe ernannt worden. Heinrich hat hier offensichtlich das Autokennzeichen A – Q A entdeckt. Aqua ist der lateinische Begriff für Wasser. Die Herausgeber*innen

gewesen, unbeachtet geblieben und rasch entsorgt oder doch jedenfalls in Vergessenheit geraten wäre.

Nun enthielten die Grüße aber doch eine Besonderheit, und es war zudem eine besondere Zeit, in der bei eingeschränkten Kontakten mehr geschrieben und auch genauer gelesen wurde. So fiel denn auch einigen bald auf, dass die Firma nicht, wie häufig zu lesen, frohe und besinnliche Weihnachten gewünscht hatte, sondern frohe und sinnliche Weihnachten.

Die Entdeckung dieser ungewöhnlichen Formulierung, die in Windeseile weiterverbreitet wurde, löste höchst unterschiedliche Reaktionen aus.

In Teilen der sozialen Medien kam es zu einem regelrechten Wettbewerb in der Findung möglicher Adjektive, die mit Weihnachtswünschen in Verbindung gebracht werden konnten, ein Wettbewerb, der nicht im Theoretischen stecken blieb, sondern sich in zahlreichen, kurz vor Weihnachten gerade noch rechtzeitig übermittelten Grüßen widerspiegelte und den Wunsch nach einem gesitteten, sittlichen, sinnvollen oder sinnstiftenden Weihnachten, die Mahnung zu besonnenen Weihnachtstagen, die Sehnsucht nach sonnigen und schneereichen, aber auch die Angst vor schattigen und (wetter-) schmuddeligen Weihnachtstagen zum Ausdruck brachte. Gelegentlich, so wird berichtet, wurden auch „besoffene und gesottene" Weihnachtsgrüße übersandt.

Andere betrachteten die Formulierung nicht als Versehen und Anlass zu Wortspielereien, sondern als bewusste Provokation, eine angesichts der pandemiebedingten Kontaktbeschränkungen mehr als verständliche Rebellion, die darauf abzielte, die grundrechtlich garantierte Freiheit zu Nähe, Ausgelassenheit und Sex unter Nutzung des emotional aufgeladenen und Aufmerksamkeit verschaffenden Weihnachtsfests zu verteidigen.

Wieder andere sahen in den sinnlichen Weihnachtsgrüßen einen weiteren Schritt hin zur endgültigen Entweihung des christlichen Festes, einen Auswuchs kapitalistischer Gier, der in ihren Werbekampagnen nichts mehr heilig sei, in Zeiten der Pandemie zudem einen verantwortungslosen Aufruf zur Zügellosigkeit.

Für mich wären „sinnliche Weihnachten" (natürlich gesetzeskonforme!) so falsch auch wieder nicht. Und auch die Geburtenzahlen neun Monate später belegen, dass manches Paar das ebenso sieht und entsprechend handelt.[23] Vielleicht bewirkt Weihnachten auch insoweit manches Wunder. Wäre das schlimm?

21. Kapitel

Über Statistiken

Von wegen! Die zahlreichen Q-Kennzeichen waren keine Fata Morgana und auch kein massenhaftes Bekenntnis zum Weltkulturerbe. Heidruns Überlegungen waren ja stets ernst zu nehmen. Damit war Heinrich jahrelang gut gefahren. Jetzt aber lag sie schief.

Wie sehr hatte er sich bemüht, seine Wahrnehmung, der Buchstabe Q tauche in letzter Zeit besonders häufig auf, auf eine besondere Entdeckersensibiliät zurückzuführen. Die Realität war eine andere. Es blieb dabei. Q schien zu einem Hit zu werden, und dies eben nicht nur in der Kombination A – Q A für Wasser.[24] Nein, ebenso fanden sich unerklärliche Kombinationen wie A – Q Z, A – Q Y oder A – Q X. Der Eindruck eines Siegeszugs des Q kommt doch nicht von ungefähr, fand Heinrich und beschloss, ohnehin ein Freund der Zahlen, eine empirische Untersuchung. Damit sollte auch Heidrun zu überzeugen sein.

Das erste Ergebnis war aufschlussreich. Auf dem Weg zur nahe gelegenen Bäckerei begann die Buchstabenkombination nach dem Bindestrich bei vier von insgesamt vierundzwanzig am Straßenrand abgestellten Fahrzeugen mit einem Q, das war jedes sechste Fahrzeug. Bedenk doch, Heidrun, berichtete er von seiner Entdeckung. Das Q ist nur einer von 26 Buchstaben. Was ist hier los?

---

[23] https://de.statista.com/statistik/daten/studie/880791/umfrage/anzahl-der-geburten-in-deutschland-nach-monaten. Anmerkung des Autors
[24] Für alle Lateinkenner: Mir ist selbstredend bewusst, dass es tatsächlich „Aqua" heißt. Für ein Kennzeichen mit zwei Buchstaben hinter dem Querstrich lässt sich Aqua aber nicht anders darstellen. Anmerkung des Autors

Heidrun versuchte zu beruhigen. Vielleicht ist bei den Neukennzeichen gerade das Q dran. Wahrscheinlich werden die Q-Kennzeichen als unattraktiv an die vergeben, die keinen Wunsch äußern. Die kriegen doch die Kennzeichen, die sonst keiner will. Im Übrigen bist Du lediglich eine Straße entlanggefahren bis zur Bäckerei, sagte sie. Das ist zwar auffällig, aber noch keineswegs repräsentativ. Da fängt womöglich in einem großen Häuserblock einer an und findet das Q „cool", und schon nehmen sich die nächsten Neuwagenbesitzer auch ein Q. Von der reinen Zahl her bedeutet das noch gar nichts. Könnte es nicht sein, dass Du von einer Straße auf den Rest der Republik schließt?

§ 22   Das Ziel ist das Zitat

Ihre Arbeit leidet an erheblichen Mängeln. Mit einer solchen Arbeitsweise wird das mit dem Doktortitel nichts. Die zwei Herren und die Frau, denen ich in einem der Seminarräume der Universität gegenübersaß, blickten betrübt und zugleich streng, am strengsten der in der Mitte, offensichtlich der Vorsitzende des Gremiums, die Stirn in besonders ausgeprägte Falten gelegt.

Wir verkennen ja nicht, erklärte der Herr rechts neben dem Vorsitzenden, der noch den freundlichsten Eindruck hinterließ, vielleicht auch wegen seiner wuscheligen Frisur und der ungewöhnlichen farblichen Zusammenstellung seiner Kleidung, zu der ein blaues Jackett und eine rote Cord-Hose gehörten, wir verkennen ja nicht den Scharfsinn Ihrer Arbeit und die sorgfältige Recherche. Sie scheinen freilich noch von allzu romantischen Vorstellungen vom Sinn und Zweck einer Doktorarbeit beseelt zu sein.

Natürlich, und das haben sie ja auch wirklich beherzigt, schaltete sich wieder der Vorsitzende ein, Nadelstreifenanzug reine Schurwolle, feinstes italienisches Tuch, ausgeprägter Langhaarseitenscheitel, um die beginnende Glatzenbildung zu überdecken, natürlich sind die Zeiten vorbei, in denen man fremde Gedanken als eigene ausgab, ohne die wahre Quelle zu benennen. Diesen Fehler haben Sie ja nun wahrlich nicht begangen. Allein auf den ersten drei Seiten 22 Fußnoten mit zahlreichen Quellennachweisen, das ist ja durchaus beachtlich. Aber, der

Vorsitzende zögerte, bevor er fortfuhr. Es scheint Ihnen nicht bewusst zu sein. Sinn und Zweck einer Doktorarbeit ist doch nicht, Ihre Gelehrsamkeit und Ihren Fleiß unter Beweis zu stellen, übrigens auch nicht, falls Sie das meinen, und Ihre Arbeit lässt befürchten, dass Sie tatsächlich dieser Auffassung sind...

Der Vorsitzende hielt inne, hatte sich im Satzbau verirrt und fand keinen korrekten Ausweg mehr. Er setzte neu an. Herr Mai, Sie bringen ja wirklich auch neue Erkenntnisse und einen neuen Lösungsansatz, aber das ist doch nur ein Nebenzweck der Doktorarbeit. Schön, wenn Sie die Wissenschaft voranbringen. Aber schauen Sie sich doch um in der Hochschullandschaft. Es geht doch vor allem auch um die Universität, Ihre, unsere Universität!

Um nicht lange drumrumzureden, ergriff der Wuschelkopf das Wort, die staatlichen Zuwendungen an unsere Fakultät hängen davon ab, welchen Stellenwert wir Professoren in der Wissenschaftscommunity haben. Und das wird eben daran gemessen, wie häufig wir in wissenschaftlichen Publikationen direkt zitiert oder in einer Fußnote erwähnt werden. Warum, glauben Sie denn, vergeben wir zahlreiche Doktorarbeiten? Doch nur darum, damit die hiesigen Professoren und Assistenten möglichst oft erwähnt werden. Und was machen Sie? Erwähnen überdurchschnittlich oft Professoren der nahe gelegenen Metropolenuniversität, die ja ohnehin mit Geldern überhäuft wird.

Das Manko ist allerdings nicht nur Herrn Mai anzukreiden, griff überraschend die zuvor außerordentlich streng blickende, bislang schweigende Dame links vom Vorsitzenden, Ponyfrisur, pinkfarbener Kofferblazer, weiße Seidenbluse, schwarzer Bleistiftrock, in die Debatte ein. Warum haben wir ein Thema akzeptiert, mit dem sich die hiesige Professorenschaft bislang eher am Rande befasst hat? Wir sollten Herrn Mai schon noch eine Chance geben, nachzubessern. Es kann ja schließlich nicht so schwer sein, mit ein bisschen Phantasie den Bogen zu Publikationen aus den hiesigen Reihen zu spannen. Wenn es thematisch nicht ganz passt, dann lässt sich doch immer eine Brücke bauen.

Ich will das mal verdeutlichen, griff der Wuschelkopf ein. Sie schreiben über die sogenannten Ehrenmorde. Warum machen Sie keinen Schlenker zur neuesten Arbeit des Herrn Vorsitzenden zu den Grabenkämpfen innerhalb der Parteien in Südkorea. Da geht es nicht zuletzt um die Ehre, und an den Kragen gehen die sich auch. Spannen Sie den Bogen, und schon haben Sie einen der Unseren erwähnt. Bei Mord mit einer Waffe finden Sie bestimmt einen Zusammenhang mit der neuesten Arbeit meiner Kollegin zur Rechten zum Kriegswaffenkontrollgesetz und seiner Anwendbarkeit auf Lieferungen nach Saudi-Arabien. Und schließlich die neueste Veröffentlichung unserer Präsidentin: „Können Blicke töten? Die Auswirkungen ausgeprägter Mimik auf das Wohlbefinden des Gesprächspartners." Das zu zitieren, fällt doch wirklich nicht schwer. Mehr Phantasie, Herr Mai. Gehen sie einfach alles nochmals durch!

Um es unmissverständlich zu sagen, Herr Mai, erklärte der Vorsitzende. Wir wollen pro Seite im Schnitt mindestens drei Erwähnungen hiesiger Wissenschaftler. Dabei, und das ist ja das Gute, zählen weibliche Autorinnen ebenso wie Personen diverser Identität dreifach, ergänzte Frau Professorin.

Mir verschlug es den Atem und die Stimme, sodass ich in dieser Geschichte weiterhin nicht zu Wort kam. Und dabei blieb es auch, weil, kaum dass ich mich gefangen hatte und etwas erwidern wollte, der Wecker klingelte. Interessant dachte ich bei mir. Vielleicht hatte manche Arbeit, die später als weitgehendes Plagiat entlarvt worden war, dem „Doktorvater" oder der „Doktormutter" nur deshalb gefallen, weil der Autor oder die Autorin bei aller Schludrigkeit oder Abschreiberei darauf geachtet hatte, den Doktorvater oder die Doktormutter gebührend zu erwähnen und zu dessen oder deren Ruhm beizutragen.

Hatte diese traumhafte Erkenntnis Auswirkungen auf meine eigenen Texte, mit denen ich an ein Ende kam? Sollte ich mein Werk durch einige Fußnoten aufbessern? Ich beschloss, den Text nochmals durchzugehen. Konnte man wissen, inwieweit Literatur künftig nach ihren Fußnoten beurteilt würde?

22. Kapitel

Über Entdeckungen, einen Unfall und ein passables Ende

Heinrich erweiterte seine Exkursionen zur Untersuchung der Verbreitung bestimmter Autokennzeichen. Heidrun lag leider wieder daneben. Die Q-Mode hatte sich nicht nur in der einen Straße, sondern in der näheren Umgebung verbreitet. Ob er den Weg zum nahegelegenen See oder zum Bahnhof nahm, stets ergab sich eine Quote von 10 -20 % Q-Fahrzeugen.

Heinrich beschloss, die Entwicklung zu beobachten, notierte die Ergebnisse und fuhr einzelne Wegstrecken einmal die Woche ab. Wenigstens kein exponentielles Wachstum, stellte er fest.

War das ein Stadtteilphänomen? Heinrich schwang sich aufs Fahrrad und legte etwas weitere Wegstrecken bis in andere, nahegelegene Stadtteile zurück, stets unterwegs die Zahl der parkenden Autos und die der Q-Wägen erfassend. Ein Unterfangen, welches besondere Konzentration verlangte, galt es doch, auch den Weg und den sonstigen Verkehr nicht aus dem Auge zu verlieren.

Da, wieder ein Q-Wagen, A – Q L, bereits der achte auf diesem Streckenabschnitt. War da nicht neben dem Wagen eine ihm bekannte Person gestanden? Jennifer Herbst, die schwarzhaarige Lehrerin für Mathe und Physik! Heinrich dachte an Gutspecht und das Pfarrfest und drehte sich um. Das war sie, ganz sicher, dachte er noch., bevor er gegen das Heck der nächsten am Straßenrand parkenden Limousine knallte.

Jennifer Herbst alarmierte den Rettungswagen und leistete erste Hilfe. Den Angehörigen Heidrun, Miriam und Marisa berichtete sie, dass Heinrich sich umgesehen und nicht mehr nach vorne geachtet hatte. Sie habe noch „Vorsicht" gerufen. Sie sei sich nicht sicher, ob Heinrich das Autokennzeichen oder sie angestarrt habe. A – Q L, sie habe sich noch geärgert, weil sie zu sparsam gewesen sei, sich ein Wunschkennzeichen auszusuchen. Die bei der Stadt arbeiten wohl gerade das Q ab, sagte sie. Andere Buchstaben sind ja weitgehend aufgebraucht, und einige hält man für die Wunschkennzeichenauswahl zurück. Seit ich selbst ein Q habe, sehe ich das öfter.

In der Universitätsklinik war trotz der Pandemie ein Bett frei. Heinrich wird vollständig genesen. Seine Angehörigen haben ihn zu seinen weiteren Plänen befragt und zusätzliche Vorschläge unterbreitet. Er könne doch, sagten sie, neben Tanzen, Golfen und nützlichen Hausarbeiten als Lesepate tätig werden. Nach der Pandemie seien ehrenamtliche Helfer im Schulalltag sicher willkommen. Außerdem, bemerkten sie, kannst Du ja nebenbei Geschichten erzählen. Träume sind auch erlaubt. Schattenforschung hast Du aber genug betrieben. Licht und Sonne bekommen Dir besser als Schatten und Finsternis.

Nachwort (von Heinrich Mai)

Nach meiner Entlassung aus dem Krankenhaus und meiner Rückkehr aus der Reha haben mir meine Töchter das Gesamtwerk geschenkt. Ich stelle mir vor,[25] wie und mit welchen Anmerkungen versehen ein Verlag den Roman veröffentlichen und welche Rezensionen dieser Erstling bekommen könnte.[26] Hier eine Auswahl möglicher Überschriften:

Ich träume

- Das nahezu meisterhafte Psychogramm einer abtretenden Generation

- Ein vielversprechendes Debüt, kommt noch mehr?

Ich befürchte

- Fragen und kaum Antworten. Ein ehrenwerter, letztlich missglückter Versuch

- Schreckliches Gejammere! Sind so unsere Richter?

- Märchenstunde. Wie ein Buch die Justiz verklärt

---

[25] Einer der häufigsten Sätze in: Max Frisch, Mein Name sei Gantenbein. Die Herausgeber*innen
[26] Vgl. das Vorwort und die Fußnoten der vermeintlichen Herausgeber*innen. Anmerkung des Autors